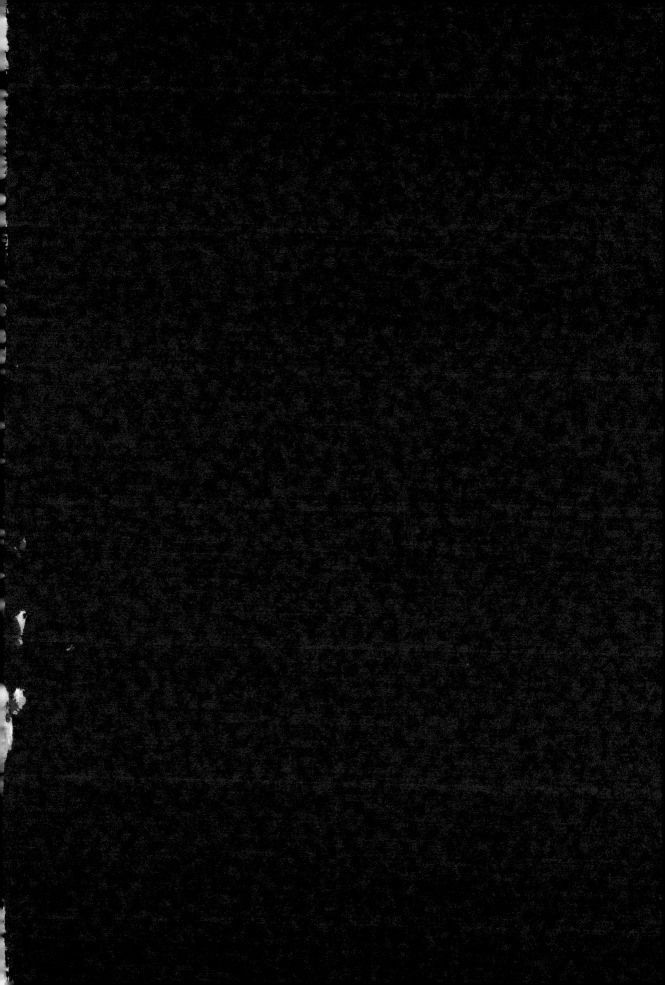

山西解州
關帝祖廟楹聯牌匾

策劃 安三發 趙參軍
主編 衛龍 楊明珠
副主編 郝平生 史小戰

文物出版社

解州關帝祖廟雉門「關帝廟」匾

解州關帝祖廟春秋樓關公戎裝像

關帝廟
精忠貫日

解州關帝祖廟端門全景

解州關帝祖廟春秋樓關公夜讀《春秋》像

解州關帝祖廟『神勇』匾

解州關帝祖廟『萬世人極』匾

解州關帝祖廟「義炳乾坤」匾

解州關帝祖廟『威靈震疊』『護世真君』匾

關

常平關帝祖祠『關王故里』全景

常平關帝祖祠崇寧殿内景

序一

柴澤俊

關羽，字雲長，河東解梁常平村人，三國蜀漢大將。生前爵位『漢壽亭侯』，殁後謚號『壯繆侯』。

關羽，本是一位真實的歷史人物，在中國歷史上名家成千上萬，代不乏人，關羽何以由人升化爲神，世人崇仰至極，上至帝王官貴，下至庶民百姓，時代傳頌，延續祀典，且屢屢加封，爵位極品。這其中的内在核心和文化積澱是值得深入探討和反復剖析的。

中華民族數千年來的優秀歷史傳統——民族氣節、民族品格、民族美德、民族精神、自立於世界民族之林的風範等，是其精華所在。而關羽在這其中具備了那些尊貴氣節、那些高尚品格、那些傳統美德、那些民族精神，用以發揚光大，啓迪後人，這蓋是瞻仰和參觀者最想了解到的。關羽的一生，對國忠誠至上，對人信義爲先，處世仁德爲本，對敵驍勇能名。這些理念都是通過事實和行爲構成的。剖析其客觀存在和主觀内在因素，會使人感到關羽由人升化爲神是有其歷史淵源和社會基因的。至於關羽殁後『顯靈』、『顯聖』、『降妖伏魔』、『澤庇萬民』等歷史傳説，則是人們對他品格、美德、氣節和精神傳頌歷程中的升化，是人們敬仰崇奉乃至頂禮膜拜的心靈積澱。還有，關羽所經歷的社會是以强凌弱、以富壓貧、以暴斂財、君主專制的封建社會。在這樣的環境下，他能够除暴安良、結義相伴、忠誠蜀漢、處世仁德，這是優秀的中華民族傳統美德的具體體現。儘管在當時的社會有其歷史的局限，但他的人格魅力和民族精神却是永遠受人崇仰的。可以説，他殁後的神話傳説和由人到神的升化，正是他忠、義、仁、勇的人格魅力和民族精神演化的結果，致使關聖之靈佑遍及海内外，關廟之營建遍布全國城鎮鄉村，成爲我國最多的祀典性廟堂建築。時至今日，僅山西境内尚存關廟一千餘所。可見，在人們的精神世界裏，關羽之神聖靈佑仍佔據着重要地位，人們不言而喻的仰慕、崇敬，特别是港、澳、臺地區和海外僑胞，建關廟，塑關像，崇關之熱，超過了其它所有神靈，這是任何力量也阻止不了的。

全國關廟之多，明、清兩代達到高峰，這與關聖謚爵加封有關。就中關聖故里解州關帝廟和常平關聖祖祠是全國最早的關廟遺迹。儘管後世屢經重修，現存建築多是明、清遺物，但隋唐之繩紋磚的掘得，證實了隋唐之際已有廟堂建築；按碑文所述，常平關聖祖祠可能更早，蜀漢後期（關羽歿後），鄉里即以祖宅爲祠，築塔其中以奉之，直至今日，香火依然隆盛。由於解州關廟和常平祖祠地處故里，歷史古老，規模宏闊，被人們譽爲『關廟之祖，武廟之冠』。帝王官貴、文人墨客，瞻拜之餘或書匾，或題聯，代不乏人，除隨建築泯滅者外，保留至今者仍有一百五十餘幅（方），已知散佚者二十九幅（方）。這些匾、聯是代表人們思想感情的一種特殊的文字表達方式，是中華民族獨有的文化藝術形式，是人們仰慕關聖心理狀態的凝聚和結晶。這種文化方式，在中國歷史上佔據着重要地位，它能引導人們使欣賞的感受逐漸深入，它會給人以啓迪和教益，這是其它別的文學藝術形式所代替不了的。

解州關帝廟文管所所長衛龍同志，潛心研究關廟建置和關公文化的形成；運城市河東博物館館長楊明珠同志，收集大量資料研究關羽由人到神的升化，曾撰寫《人·神·聖關公》一書，業早已出版發行。近年來，二同志默契合作，共謀弘揚關公文化之計，悉心收集解州、常平二祠廟中的所有楹聯和牌匾，並將其位置、形式、規格、尺寸、色澤及書法、雕刻藝術等逐一説明，然後逐聯逐匾予以註釋，稽考典故淵源和出處，編輯成册，定名爲《關帝祖廟楹聯牌匾》，給大家以解讀之便。這是研究關公文化的一個重要方面，是探索關聖民族精神的一則有益舉措，用以增强全國乃至全世界中華兒女的凝聚力，發揚中華民族傳統美德和高尚風範。

願關公文化發揚光大，忠貞不二的民族精神永遠昌盛，偉大祖國更加文明、繁榮、富强。

是爲序。

二〇〇六年七月二十八日

於太原小齋

序二

崔陟

誰都知道關公文化是中國文化中一個很有分量的組成部分，關公也就成爲家喻户曉的人物。人們尊敬關公，稱他爲神，敬他爲帝，甚至把他的行爲當成準則。這是一種很普遍的現象，也是很自然的。可是過去總有那麼一種説法，説關公也就是關老爺，是封建統治者愚弄人民，用來鞏固他們地位的一個偶像。真的是這樣嗎？其實不然，我認爲對關公的崇拜是來自民間的，可以説是民意的選擇。統治者應該説是順應了民意，也對關公崇拜有加，於是不斷加封帝號，最後使得關老爺在明朝有了『三界伏魔大帝神威遠鎮天尊關聖帝君』的頭銜，此後相沿有關帝之稱。如果，他們不這樣，硬换一個他們樹立的偶像，非天下大亂不可。最典型的就是清朝的統治者了，他們在進關前，關老爺已經是四海景仰了，他們雖然争得了天下，可以做到讓人們留髮不留頭，却不能把關老爺推翻，還得加倍地禮拜。

關公文化就是這麼根深蒂固，多少年來一直延續並發展着。説到關公文化，必然要説到關帝廟，天下到底有多少關帝廟，應該是一個很難統計的數字。但是要問天下關帝廟何處爲首，就是一個毫無争議的問題了，那就是在山西運城的關帝廟。其始建年代、現在規模以及保護情況，自有專著論述得詳細之極。這裏要説的只是其中的一個方面，那就是廟中的牌匾和楹聯。我們不是説過，對關公的崇拜是來自民間，那麼這裏就可以找到相當多的論據，這裏邊就是老百姓心聲的記載與鐫刻。

燒香許願是敬神拜佛的普遍行爲，大多數人來的目的就在於此。這無可厚非，因爲在相當長的時間内，人們的願望得不到實現，迫使大家對未來有一種期盼。爲了實現這種期盼，就必須有一種精神上的寄托，肯定是經過多少代的搜索與篩選，最後大多數人把目光鎖定在關公也就是關羽的身上。也許理由很簡單，他講信用、重意氣，一生多爲别人奔波，而且武藝高强。雖然他最後是失敗者，但是中國人歷來是不以勝負論英雄的。况且，一個人的成敗是有多方面的因素决定的。人們覺得這樣的人值得信賴，於是就奉之爲神明。至於然後帝王的加入，也是順應民意的表現。當然，也不排除鞏固其統治的目的，有一點必須説明的，信奉關羽最初不是他們的選擇。

有個成語叫三人成虎，那麽上萬的甚至更多的人塑造一個神，更是情理之中的事情了。關羽成神後，自然要『顯聖』，這是彼時擴大影響的一個相當重要的手段。人們對關羽的許諾就是最大規模的『重修廟宇，再塑金身』，但是人們的能力畢竟有限，廟宇也不能無休止的蓋下去，於是送牌匾就成爲一種比較普遍又隆重的形式。正因爲這樣，廟宇的牌匾數量就會逐漸多了起來。今天，我們在山西解州關帝祖廟和常平家廟裏，看到數量衆多的牌匾，就是人們對關帝的回報，進一步説就是對未來生活的一種期待。

從内容上看，有的是適用於所有廟宇的，這是流行並得到大家公認的，像『浩然正氣』『萬代瞻仰』……這並不是詞匯的貧乏，而是出於一種樸素的情感。還有獨具個性的，或者説是只可用于關老爺身上的。後者對於關公文化來説，則是更有意義了。這些牌匾集中表現了關帝的思想品德，也就是總結了人們景仰他的根本原因。像『全部春秋』就代表了他的思想，有的學者曾經考證關羽是否讀過《春秋》，那是他們混淆了關羽和關公文化的概念；『大義參天』是他精神中最爲閃光的地方，就這一個『義』字，真可以説是前不見古人，後也難得見來者了。他千里走單騎，義字就是精神支柱。一生中兩次被俘，做出兩種選擇，也正是義字在閃爍光輝；『威震華夏』是關羽功績輝煌時期的寫照，他水淹七軍加之以往的威名，使得曹操心驚膽寒甚至有了遷都的打算。

大大小小的牌匾代表了人們的思想，也歌頌了關羽的業績和品質。敬仰和信奉關羽是老百姓的選擇，真正的聰明智慧就來自他們之中，他們絶對不會被愚弄了一代又一代，這種選擇應該説是最明智的。説到底，在那信念荒蕪的年代裏，人們需要偶像，是他們自己選中了關羽，並且一步步把他深化並神話。就説這種信念算是從宋代開始的吧，至今已然有了一千多年的歷史，在這些年裏，朝代更换了好幾個，皇帝更不知道有多少，但是，關老爺的地位却始終穩固。儘管人們飽經磨難，對他的信任始終没有改變，絲毫没有懷疑過。這種現象應該説是不多見的。以至於他的形象出現在佛道儒三個信仰的境界，而且地位很高，這似乎也算是一個奇迹，這也是關公文化流傳不衰的根本原因。即使在今天，關公文化依然具有相當的凝聚力，特别是在海外，凡是有華人的地方，都信奉關公。這些地方都有關帝廟，有廟就有像和牌匾楹聯。從内容上看，無論是古代的還是現代的，無論是國内的還是海外的，牌匾的内容雖然文字上有差異，但是情感却是一樣的真摯。

從藝術性上看，這些牌匾也十分講究，這肯定是和人們對關帝的敬仰有着直接的關係。牌匾上的字，寫得十分規範，看得出來書寫者是謹愼加之虔誠，肯定是當成一件大事情來完成的。雖然書家的個性不是十分明顯，可是中國文字或者說中國書法的屬性却表現得淋漓盡致。當然也偶有例外，比如『絶倫逸群』一匾就是以飛白書的形式表現，讓人看了頗費猜疑，這大概是爲了增加神秘感的緣故。牌匾鐫刻的文字與裝飾的圖案也肯定是出自能工巧匠之手，盡可能地做到了完美。

山西運城關帝祖廟的牌匾的思想性和藝術性都十分值得稱道。現存的數量相當可觀，而且還在不斷地增加，內容也在不斷地豐富，這實際上是一件很好的事情。這是作爲中國文化的重要組成部分的關公文化發展的明顯標誌，也爲以後人研究關公文化提供了寶貴的資料。這裏關帝廟的牌匾和楹聯和主體建築、塑像，以及參天的古木一起，組成了完整的紀念關帝的莊嚴場所。每天前來憑吊的人真是絡繹不絶。我曾多次到過那裏，我發現人們的目光是虔誠的，心裏想的不一定都是希望關帝再次顯聖，更多的則是爲中華民族出現這樣的人物而自豪，而驕傲。正如于右任先生題字的楹聯所言：『忠義二字團結了中華兒女，春秋一书代表着民族精神。』我們稱關羽或者關帝都無關緊要，關鍵是他能成爲如此受到禮遇的千古一人，確實不是偶然的，可以說是經過他自身的努力和老百姓的選擇，統治者的認可才產生和形成的。

惟願關公文化繼續發揚和光大，爲弘揚民族文化和團結天下華人而起到舉足輕重的作用。

丙戌年秋月於文物出版社新紅樓

目録

常平祖祠匾聯

散佚『聯額』

關廟之祖　武廟之冠

——解州祖廟、常平祖祠掠影

解州關帝祖廟，位於山西省運城市西二〇公里解州鎮。南峙條峰，北環鹺海，山雄水闊，景象壯美。

解州，爲三國蜀漢名將關羽之故里。

據記載，廟肇建於陳末隋初年間（公元五五七——六一八年）。宋大中祥符年間（公元一〇〇八——一〇一六年）重建、擴建，元祐七年（公元一〇九二年）宋哲宗敕令修葺。金、元兩代又四次興工維修。明、清時，修繕工程亦連續不斷。期間，廟宇曾罹經兩次滅頂大難，一爲明嘉靖三十四年（公元一五五五年）河東大地震；一爲清康熙四十一年（公元一七〇二年）廟内失火。民國時期，雖然也有修建之舉，但都遠不及前。建國後特别是改革開放以來，黨和政府對中華民族的重要文化遺產尤加珍視，關帝祖廟不僅被國務院公布爲全國重點文物保護單位，而且因此得到了大力保護和空前發展。

該廟坐北朝南，佔地三百餘畝，建築面積二十多萬平方米。既有别的關廟所無的獨特之園林建築，更有其它關廟所没有的至高無上的『前朝後寢』之格局。規模宏偉，殿閣壯麗，氣勢奪人。堪稱我國乃至全世界關帝廟中規模最大、檔次最高、保存最完整的王宫帝闕式廟宇。

廟宇的建築布局分三大部分。前部爲結義園，中部爲主廟，後部爲寢宮。

結義園，爲明萬曆四十八年（公元一六二〇年）倣劉、關、張當年涿郡結義之意境設計建造。由結義坊、君子亭、結義亭及附屬影壁、假山、蓮池等建築組成。園内古柏參天，桃柳成蔭，蓮池盤曲，小橋流水，亭臺掩映，山石生趣，給人一種賞心悦目、陶然樂滋的愜意。

主廟的設計，完全承襲了我國古建中特有的中軸對稱式的傳統風格。既有濃郁的宗教建築特徵，又有明顯的紀念性和祭祀性建築的體例。其廟堂建築布局除了參照佛寺道觀的布列方法，更倣效帝王宮闕（如明、清紫禁城）的格局。以影壁、端門、雉門（樂樓）、午門、御書樓、崇寧殿爲序列次，兩側輔以鐘樓、鼓樓、文經門、武緯門、崇聖祠、胡公祠、部將祠、追風伯祠、鐘亭、碑亭、官廳、官庫和東西長廊。其中端門外當心設『擋衆』，以示文官落轎，武官下馬。午門和崇寧殿前鋪設雲路，雕流雲和蟠龍圖案，以顯帝王之尊。主殿前樹立華表，以表威儀。木構石作，祥龍飛騰。廟内更有『威震華夏』、『萬代瞻仰』、『山海鍾靈』、『精忠貫日』、『大義參天』五座木、石坊牌坊點綴其間。廟貌宏麗，甲於天下。

寢宫以娘娘殿、關平殿、關興殿（三殿已毁）、春秋樓爲中心，『氣肅千秋』木坊若屏矗立，刀樓、印樓分峙兩翼。尤其是春秋樓的『懸梁吊柱』之營造手法，設計之巧，製作之美，無與匹敵，被古建專家譽爲『我國古代建築的範例』。

廟内古樹名木遍植，蒼勁擁翠；木石雕刻廣布，精湛華美；琉璃製品輝映，金碧富麗；文物藏品薈萃，彌足珍貴。

關帝祖廟不僅是世人心慕神往的朝拜、旅遊聖地，也是一座領略中國傳統道德文化的神聖殿堂。

常平關帝祖祠，俗稱關帝家廟，位於運城市西南一〇公里的解州鎮常平村，距解州關帝祖廟八公里。南面條山，北鄰鹽湖，湖光山色，風光旖旎。全國重點文物保護單位。

常平，是關羽的出生之地。相傳，現在的祖祠就是當年關公的故宅。關公歿後，鄉人感慕其英武與盛德，遂改宅立祠，用以歲時爲之奉祀。

據文獻確記，祖祠建造早於解州祖廟，至金代始成廟宇。此後屢有擴建和修葺，現存建築多係清代遺構，總面積近二萬平方米。其規模和建築雖不如解廟壯觀宏偉，但其廟貌、風物等却與之異曲同工，别有風韻。

祠前矗立牌坊三座，『靈鍾鹺海』和『秀毓條山』（均爲木構）兩坊分峙於左、右，『關王故里』石坊居中。坊外，鐘、鼓二樓並立對稱。筆直而縱深的中軸綫上，依次排列有山門、儀門（當地稱午門）、獻殿、崇寧殿（又稱關帝殿）、娘娘殿和聖祖殿，兩側配以廂房、配殿、回廊等，主從有致，格局分明。

據著名古建專家柴澤俊先生長期研究認爲：『牌坊横置前沿，這是一般祠宇建築格局上常有的。但像這種三坊并峙、二樓分列兩側者未曾見到。祠内門廡重疊，主殿位於祠宇中心，兩側廊屋對稱，形成環繞圍護之勢，這又是其他祠宇建築格局上所没有的，但與祖廟體制約略近同。往後，寢宫自成院落，娘娘殿位居正中，關平、關興殿分列兩側，聖祖殿位居祠内後部。其總體設置仍保持着商、周以來我國建築體制方面「前朝後寢」的格局。明、清以來，關廟遍及全國，也有稱爲「關王祠」或「關帝祠」的，其中建關夫人殿塑關夫人像者甚少，關平像有時以侍吏列於其側，而自成一殿者未曾發現。在常平祖祠中，不僅建娘娘殿塑關夫人像，而且爲關平、關興各建其殿，塑像分置其中，這是極爲稀有的。至於建聖祖殿，殿内依其清雍正五年（公元一七二七年）所封聖祖三公爵位來設置塑像，更是全國各地所没有的。』

祠中還有一座與衆不同的建築，即屹立於午門東南隅的八角七級磚塔。塔下傳爲宅内水井，關公父母因關公怒殺惡霸欲逃不能而自盡於此，後人遂建塔紀念。金大定十七年（公元一一七七年）重建。

祠内塑像數尊，唯關夫人像堪稱上乘佳品。古樹名木極多，唯龍虎柏、雲柏、鳳柏和五世同堂桑最富傳奇色彩。

祠南不遠中條山前沿有關帝祖塋。紅墻匝繞，松柏長青。清流一渠潺潺，時花漫山重重，將此裝點的格外静謐與空靈。

正是這歷史的特殊賜予和厚重的人文，更兼關聖帝君的忠義勇，以及關帝司命禄、佑科舉、治病消灾、驅邪伏魔、巡察冥司、招財進寶、佑護商賈等法力，吸引着越來越多的海内外人士、華夏兒女特别是關氏後裔紛紛慕名造訪，朝拜遊覽。

解州祖廟匾聯

忠義二字團結了中華兒女
春秋一書代表着民族精神

【說明】

此聯懸掛於祖廟入口處的卷棚建築明間中柱（即結義園東南處）。木質，規格爲二五六×三〇厘米。黑地緑字。行書，字徑二〇厘米。係于右任先生爲南洋一座關廟所題。二〇〇五年春集于先生書體摹刻。

于右任（公元一八七九——一九六四年），陝西三原人，名伯循，字右任，號髯翁，晚年號太平老人，別署騷心，筆名神州舊主、太風先生。爲國民革命元老，著名教育家、愛國詩人、書法家。早年加入同盟會，追隨孫中山先生反對帝制。辛亥革命後，曾任南京臨時政府交通部次長，國民政府常委、軍委會常委、審計院院長，後長期任監察院院長。一九六四年病逝於臺灣。

其書初學趙孟頫，再加入魏碑，得力於《鄭羲碑》、《石門銘》，精於筆法而以稚拙簡漫出之。尤擅草書，從碑入草，於唐代懷素的小草千字文用功甚勤，造詣甚深，於寬博瀟灑中別具神韻。各體均氣勢磅礴，縱横排蕩。有《標準草書》一册行世，被譽爲『當代草聖』。

關於此聯的來歷，據資料云，當年馬來西亞有位華僑專程到臺灣拜會于右任，他想請于先生爲當地僑胞們供奉的關帝廟題寫一副楹聯。于先生考慮到該地華僑已是移民數代，很多人已不諳漢語，便爲他們寫了這副寓意深長的白話楹聯。

祖廟入口處

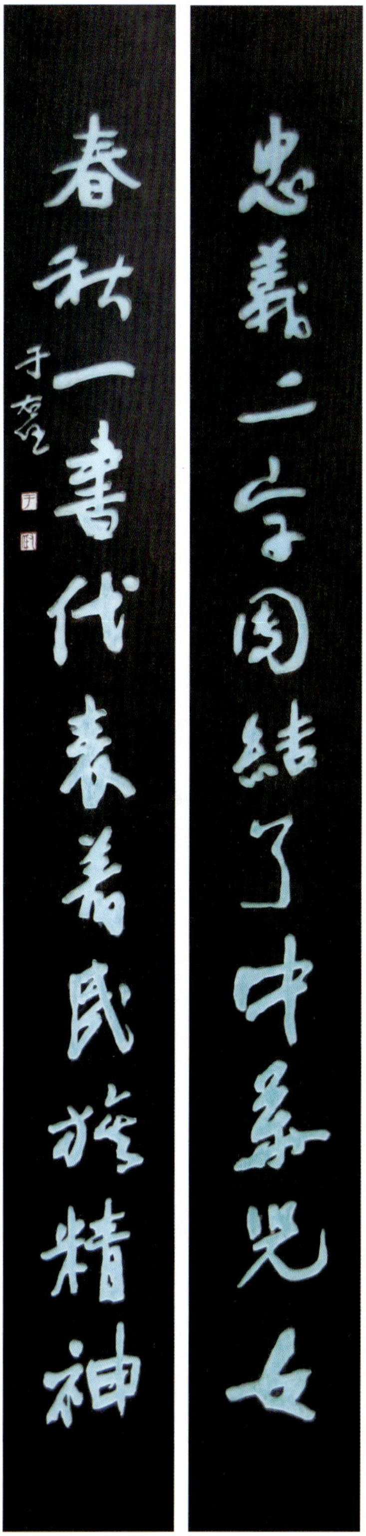
忠義二字團結了中華兒女
春秋一書代表着民族精神

可以肯定地説，在海内外難以數計的關廟對聯中，這是一幅意義深刻、最爲值得稱道的對聯。它言簡意賅，高度的涵蓋了關公的道德精髓與精神靈魂，道出了關公文化的精神實質和現實意義。也就是説，關公的道德與精神，不獨對中華民族的道德形成及精神强盛起到過積極的歷史作用，即便是在當今，對維護和繼承中華民族優秀道德傳統，促進和增强海内外華人對民族文化的認同，振奮民族精神，團結奮進，和平一統，也有着不可低估的價值和作用。

【註释】

■ **忠義**　關公的道德思想與精神核心。忠，即忠誠；盡心竭力。《論語·里仁》朱熹註：『盡己之謂忠』。義，正義；情義。《禮記·中庸》謂：『行而宜之謂之義』。忠是『態度』，義是『准則』。一個人的思想行爲既要符合一定的道德准則，又能嚴格遵循這個准則盡心竭力去做事，這就是『忠義』。

■ **春秋**　儒家經典之一。編年體春秋史。相傳孔子依據魯國史官所编《春秋》加以整理修訂而成。起於魯隱公元年（公元前七二二年），成於魯哀公十四年（公元前四八一年），計二百四十二年。《春秋》文字簡短，相傳寓有褒貶之意，後世稱『春秋筆法』。解釋《春秋》的書有《左氏》、《公羊》和《穀梁》三傳。至於關公喜讀的《春秋》，則并非上述所説的《春秋》本經，而是與孔子同時期的魯國史官左丘明依據《春秋》條目，用事實解釋《春秋》的一部史學兼文學名著——《春秋左氏傳》（簡稱《左傳》）。

結義園

【説明】

此爲結義園木牌坊正面明樓華板當心題刻。木質，横式。規格爲四二三×一二五厘米。藍地金字。楷書。書體端正豐滿，不露鋒芒。字徑九三厘米。無款識。

據記載，此坊始建於明萬曆四十八年（公元一六二〇年）建園之時，當時該園尚無『結義』之名，坊額題曰『萬古綱常』。清乾隆二十七年（公元一七六二年）知州言如泗修理園池及木坊，始改原建坊額『萬古綱常』爲『結義園』并書之。言書字體豐秀圓潤，勁健有力。襯以人物花卉雕刻圖案，更顯古樸壯美。

現存結義園木坊就是當年言如泗所建。爲四柱三樓三開間，木結構琉璃瓦頂，明樓總高一一·八八米。坊後設卷棚式坊亭三間，亦稱門亭。

結義園木坊（正面）

山雄水闊

【說明】

此爲結義園木牌坊背面明樓華板當心題刻。木質，横式。規格爲四二三×一二五厘米。藍底金字。楷書，字徑五三厘米。

此題刻雖然也無款識，但據園内影壁背面鑲嵌的言如泗撰《重修結義園記》碑碣可知，仍屬言如泗手筆無疑。而且碑文也明確表明其題寫時的用意：『解梁爲關聖故里，常平祖墓巋然。廟在州西門外，南峙條峰，北環鹺海，山雄水闊，誠盛區也。』他在《重修解州關聖廟記》（見清乾隆版《解州全志》）裏也有云：『聖爲解（州）産，解地逼近中條，涑水鹺海回環縮結，而又大河（黄河）繞外，砥柱當中，山雄水闊，地脈鍾靈。亘千古而生聖一人，其雄勁闊達，岳峙淵渟，適與山川形勢相肖。』

結義園木坊（背面）

三分砥柱

【説明】

此爲結義園影壁上方題刻。石質，横式。規格爲一三九×七七厘米。篆書，字徑二八厘米。無款識。

影壁爲結義園附屬景觀之一。壁前矗立太湖石一塊，形若陡峰；石後影壁上方爲此石刻。用以象徵和讚頌關羽是三國鼎立時扶持蜀漢正統的中流砥柱。

【註释】

三分　一分爲三。指魏、蜀、吴三國鼎立的歷史時期。

砥柱　山名。亦名砥柱山、三門山。在河南省三門峽市。黄河急流中的石島。以山在水中若柱，故名。世人常以『中流砥柱』比喻能擔當重任、支撑危局的人。

影壁

對日

【說明】

此爲結義園影壁右券門南面題額。磚刻，橫式。磨磚砌框，規格爲八九×六〇厘米。楷書，字徑二三厘米。無款識。

【註释】

對日 《辭海》本條：東漢建和元年（公元一四七年）正月日食，京師不見。太后下詔問黄琬祖父黄瓊，思其對而未知所答，琬年七歲，在傍說道：『何不言日食之餘，如月之初？』後因以『對日』稱人早慧。此處當指關公的道德及其精神可對天日。

緑深

【說明】

此爲結義園影壁右券門北面題額。石質，橫式。磨磚砌框，規格爲八二×六七厘米。隸書，字徑一九厘米。無款識。

【註释】

緑深 緑濃。形容結義園景色之美。深，茂盛。唐·杜甫《春望》有『國破山河在，城春草木深』。宋人常用『緑深』入詞。如：『春波灔灔浮春渚。緑陰一徑風兼雨。又作去年時。緑深垂蔓籬。』（蘇庠《菩薩蠻》）『蒼苔路古，鹿鳴芝澗，猿號松嶺。露浥鳳簫，煙迷枸杞，緑深翠冷。』（葛长庚《水龍吟》）

君子亭

【說明】

此匾懸於君子亭門楣。木質，橫式。規格爲二二二×一二一厘米。黑地金字。行書，字徑七四厘米。上款題『己卯（公元一九九九年）秋月』，下款署『士星書』，鈐朱印一方。

書者士星，姓郭，山西孝義人。曾任山西省文化廳副廳長、山西省文物局局長、山西省戲劇家協會副主席、山西省政協文教委員會副主任等職。

君子亭面寬五間，進深四間，四周環廊。往日，各級官吏和士紳覽園賞景，朝拜劉、關、張結義神像，多要至此憩息。亭外池塘碧清，桃柳夾岸，鳥語花香。

【註释】

■君子　西周、春秋時對貴族的通稱。春秋末年以後，逐漸成爲『有德者』的稱謂。這裏泛稱有才德即有學問、有修養的人。古人多有論及『君子』的名言警句，如：

『君子之行，静以修身，儉以養德，非澹泊無以明志，非寧静無以致遠。』（三國·諸葛亮）『君子之所取者遠，則必有所待；所就者大，則必有所忍……』（宋·蘇軾）

『君子禍至不懼，福至不喜。』（司馬遷《史記》）

『君子以道德輕重人，小人以勢輕重人。』（清·宋緟）等等。

結義亭

【說明】

此匾有二，分別懸於結義亭南、北門楣。均爲木質，橫式。黑地金字。北門規格爲一七〇×八六厘米。行書，字徑五九厘米。上、下款分題『己卯（公元一九九九年）秋月』、『士星書』。鈐朱印一方。南門規格爲一七〇×八六厘米。行書，字徑五九厘米。下款署『汪國真』。鈐朱印一方。

汪國真，生於北京，祖籍厦門，一九八二年畢業於暨南大學中文系，爲二十世紀八十年代末九十年代初紅極一時的詩人。近年來，又致力於書畫和音樂的研究。他的書法作品被鐫刻在衆多的風景勝地。

結義亭，又稱三義閣。面寬、進深各五間，四周環廊。內藏清乾隆二十七年（公元一七六二年）劉、關、張桃園三結義刻石。工藝精湛，綫條細膩，意境優美，人物傳神。

結義亭

關帝廟

【說明】

此爲端門正面明間當心題刻。石質，橫式，規格爲一九五×六一厘米。黑地紅字。楷書。書體穩健端莊，嚴謹凝練。字徑五一厘米。無款識。

端門，即第一門，位於主廟前沿當心，創建年代不詳，明代已有無疑。磚結構，面寬三間，歇山式屋頂。闢有門洞三孔，明間凸起，寬大，高一〇米；兩次間微低且小。門洞上方磚雕橫披和牌匾，還有荷花、牡丹、寶相花、卷草以及行龍、侍吏等。主從有致，古樸雄偉。

端門

扶漢人物

【說明】

此爲端門背面明間當心題刻。石質，橫式，規格爲一九二×六〇厘米。黑地紅字。魏體。字體略帶隸意，饒有古雅風韻。字徑五二厘米。無款識。

【註釋】

扶漢人物　讚關羽。扶，扶持，輔助。漢，蜀漢。

精忠貫日

【說明】

此爲端門次間正、背兩面當心題刻。石質，橫式，規格爲一八〇×六〇厘米。背面題刻周邊無圖案裝飾。均爲黑地紅字。魏體。字體圓勁相兼，剛柔相濟，質樸大氣。字徑四八厘米。無款識。

【註释】

精忠 形容赤誠忠心。忠，就是忠誠，忠實，忠厚，發自內心的誠敬與不欺，它是人際間以信賴爲基礎的高尚的道德情感。

貫日 遮蔽日光。

大義參天

【說明】

此爲端門次間正、背兩面當心題刻。石質，橫式，規格爲一八八×六〇厘米。背面題刻周邊無圖案裝飾。均爲黑地紅字。魏體。字體魏中含隸，筆力勁健，不計點畫，功力自顯。字徑四八厘米。無款識。

有研究者認爲，關公的『義』，主要體現有三：一是兄弟同生死、共患難的情義。爲了兄弟之義，任何利益，包括金錢、權勢、地位、美女、妻子，甚至生命，都可捨棄。二是知恩圖報、有恩必報的信義。他降順曹操，是以『三約』爲前提的，並非貪生怕死。後來投奔劉備是有言在先，來去明白，並非無義。曹操對他再好，但『新恩雖厚，舊義難忘』，先後有別，恩義分明。斬顏良、誅文丑，他尚認爲不足以報，又有華容道的『義釋曹操』。三是救困扶危、除暴安良的俠義。當年，他就是怒殺了橫行鄉里的豪霸，才避難在外浪迹江湖的。

【註释】

參天 高出空際。

鐘樓

【說明】

此牌爲雉門前甬道東頭鐘樓樓額。木質，橫式。規格爲一九八×九五厘米。紅地金字。楷書，字徑六〇厘米。結體工穩而不失靈動，書寫平實而不失清峻。無款識。

鐘樓係明萬曆間（公元一五七三——一六二〇年）增建，樓身每面三間，平面爲正方形，兩層，總高一七·一九米。上層爲木構重檐歇山頂，下層磚砌墩臺，造型秀美而挺拔。

鐘樓

鼓樓

【説明】

此牌爲雉門前甬道西頭鼓樓樓額。木質，横式。規格爲一九八×九五厘米。紅地金字。楷書。書體嚴謹，章法有度，厚實穩重，端莊肅穆。字徑六〇厘米。無款識。

鼓樓的始建年代與形制同鐘樓。兩相對峙於廟前兩隅，增廟堂之威嚴，顯壯麗之氣勢。

鼓樓

關聖義起

【説明】

兩方。分別題刻於鐘、鼓樓墩臺磚砌券洞門（外）之額。石質，橫式。規格爲一二〇×四九厘米。黑地紅字。行書，字徑三七厘米。前兩字較工穩，後兩字較靈動。無款識。

【註释】

義起 因『義』而『起』。讚關公當年出於『義憤』怒殺豪霸而奮起。

萬代瞻仰

【説明】

此爲鐘樓東側石牌坊正面上方題額。石質，橫式。規格爲二八〇×一〇〇厘米。原色不詳，後人塗色爲黃。楷書。書體平實。字徑四九厘米。上款題『巡撫山西都察院右僉都御史吴甡；巡按山西監察御史馮明玠、張孫振；巡按山西等處監察御史楊希旦、姜思睿；分巡守河東道山西布政司右參政葉運桂、吴阿衡、李一鰲、羅應□、丘民仰』，下款署『山西左布政使今陞山東登萊巡撫楊文岳；平陽府知府黄連恒；同知盧□胤；推官劉士連、劉光彩；解州知州王治。崇禎拾年（公元一六三七年）肆月初捌日建。郡山人趙鼎書』。

據考，吴甡、馮明玠、張孫振、吴阿衡、丘民仰、楊文岳等《明史》有載。

關帝祖廟内外原有八座牌坊，其中七座爲木構瓦檐（一座清代時已毁於火），唯此坊爲

石材雕造。時間爲明末崇禎年間。三開間廡殿式，總高九·〇四米。造型壯觀，工巧華美。構件規整，雕造精細。尤其是正、背兩面額枋上布滿浮雕人物故事圖案，内容爲《三國演義》中關羽的英雄業績。同時，還雕刻有許多瑞獸和花卉。刀法靈勁，極具神韵。

『萬代瞻仰』額下另有題刻『敕封三界伏魔大帝神威遠鎮天尊關聖帝君』。上款題『山西平陽府解州知州王治創工。吏目薛敷政、儒學訓導李祉』，下款署『崇禎九年四月吉旦。郡儒官張治化書。道官任和念。募緣道人任知屏、趙德□』。

【註释】

瞻仰 瞻望、仰視。多用爲對他人表示尊敬之詞。

正氣常存

【説明】

此爲鐘樓東側石牌坊背面上方題額。石質，横式。規格爲三〇〇×五〇厘米。原色不詳，後塗色爲黄。行楷。有魏筆之意。字徑四九厘米。上款題『户部山東清吏司郎中郡後學李爲□謹題。助工銀陸拾兩。崇禎九年（公元一六三六年）四月吉旦山西平陽府□□』，中部題『巡按陝西茶馬福建道監察御史姚世順』，下款署『崇禎十年（公元一六三七年）四月吉旦郡儒官張治化書』。

『正氣常存』額下亦有題刻，内容同『萬代瞻仰』。

【註释】

正氣 剛正的氣節。也指正派的作風或良好的風氣。

威震華夏

【說明】

鼓樓西木牌坊明樓華板正、背兩面當心題額。木質，橫式。規格爲四三六×一三一厘米。無施色。榜書，字徑一〇八厘米。書體肥碩壯實，堪與牌坊規模相匹。上款題『同治八年（公元一八六九年）孟秋』。下款署『州守朱熯重修』。

木坊位於端門西側，爲清乾隆二十七年（公元一七六二年）重修，同治八年補葺。光緒三年（公元一八七七年）失火，東側『義壯乾坤』坊焚毀，此坊幸有民衆及時撲救，大部構架尚存。經民國八年（公元一九一九年）重修，保存至今。

【註释】

■**威震華夏**　《三國志·關羽傳》：『（建安）二十四年，先主爲漢中王，拜羽爲前將軍，假節鉞。是歲，羽率衆攻曹仁於樊。曹公遣于禁助仁。秋，大雨，漢水泛溢，禁所督七軍皆没没。禁降羽，羽又斬將軍龐德。梁、郟、陸、渾群盜或遥受羽印號，爲之支黨，羽威震華夏。』

華夏，古代漢族的自稱，亦作『諸夏』。『華』意爲『榮』（《說文·華部》），『夏』意爲『中國之人』（《說文·夊部》），『中國』是中原的意思。古人常以『夏』和『蠻夷』或『裔』對稱，也常以『華』和『夷』對稱。華夏初指中原地區，後指全中國而言。

威震華夏木坊

關帝廟

【説明】

此牌懸於雉門門額。木質，竪式，斗形。規格爲三二〇×一五二厘米。匾周彩飾飛雲行龍。古樸高雅，莊重大方。朱紅地，貼金字。榜書，字徑七五厘米。字體碩大，筆法遒勁，氣勢磅礴，頗富王宮帝闕之氣象。惜無款識，書者無以得知。

雉門，古代王公諸侯之宮門，也有記述爲天子之宮門，位於主廟前沿中軸綫上端門以內。始建年代不詳，現風格爲清後期。面闊三間，進深兩架四椽，歇山式屋頂。後檐增築抱厦三間爲樂樓（戲臺）。

雉門

文經門

【説明】

此牌懸文經門門額。木質，竪式，斗形。規格爲二九三×一二〇厘米。匾周雕飾簡潔精緻。紅地金字。榜書，字徑四七厘米。書體敦實厚重，諧調悦目。

文經門，爲文吏朝拜時出入之門，設於雉門之東側。

武緯門

【説明】

此牌懸武緯門門額。木質，竪式，斗形。規格爲二九三×一二〇厘米。紅地金字。榜書，字徑五二厘米。製作手法與書體風格同文經門。

武緯門，爲武將朝拜時出入之門，設於雉門之東側。

文經武緯，指文事武功或文經武略。《隋書·高帝紀上》：『我文經武略，久播朝野。』宋范仲淹《奏上時務書》：『國家文經武略，天下大定。』等等。歷代建國興邦，各級官吏肩負着成敗與興衰的重要使命。依其文韜武略，臣吏一般分作文武兩班。此二門就是根據歷代各級官吏班列建造。

崇聖祠

【說明】

此牌懸崇聖祠門額。木質，竪式。規格爲二一六×九九厘米。紅地金字。榜書，字徑四三厘米。綫條沉實，結體嚴謹。

崇聖祠是供奉關公三代祖宗偶像和牌位的祠宇，位於廟内前沿東隅，創建年代不詳。現存正殿面闊五間，爲清雍正年間（公元一七二三——一七三五年）所建；山門三間，爲清同治八年（公元一八六九年）所構。

崇聖祠，最早爲春秋魯哀公始建的孔祠。由漢起，歷代王朝皆尊孔子爲聖人，設廟祭祀，並及孔子先人。曲阜孔廟後舊有啓聖祠，祭祀孔子之父孔梁紇。清雍正元年又追封孔子祖先五代爲王爵，改啓聖祠爲崇聖祠，合廟祭祀。解州關廟的崇聖祠可能是倣孔廟所設置。

崇聖祠

周太師尚父武成王之神位

【說明】

此牌置奉於崇聖祠。今收藏於庫。木質，斗形。通高一六六、最寬九六厘米。底座長八七、寬二七、高一九厘米。雕飾華麗，頭部及左右邊框均雕飾有彩繪雲龍。藍地緑字。楷書。字徑一一厘米。疑爲清代之物。

周太師尚父武成王，即周初傑出的政治家、軍事家、齊國始祖姜尚姜子牙。因其先祖佐禹治水有功被封於呂，子孫從其封爲氏，故又名呂尚。先在商做官，見紂王無道，辭官遊説諸侯。年届七十，聞西伯（周文王）崇賢尚老，遂千里跋涉，遷徙陝西，釣於渭水。文王出獵相遇，一見如故，話語投機，曰『吾先君望子久矣』，因號『太公望』。同輿歸，立爲太師，輔佐周文王、武王滅商建立周朝，封於營丘（今山東臨淄），治齊。通工商之業，便漁鹽之利，使齊國居『七雄』之首。著有《六韜》一書。

祖廟將其供奉於内，乃姜尚最早列奉於武廟主神之故。

據考，武廟最早並非專祀關公的廟宇。在官方崇拜中，關羽當初是作爲武廟的配享者出現的。至於武廟源於何時，最早見於文獻記載者爲唐代。當時，武廟主神爲太公尚父（姜尚），故稱太公尚父廟。《新唐書·禮樂志》：『開元十九年（公元七三一年），始置太公尚父廟，以留侯張良配。中春、中秋上戊祭之，牲、樂之制如文宣。出師命將，發日引辭於廟，仍以古名將十人爲十哲配享。』至上元元年（公元七六〇年），『尊太公爲武成公，祭典與文宣王比，以歷代良將爲十哲象坐侍』。這十位哲人，右爲張良、田穰苴、孫武、吴起、樂毅；左爲白起、韓信、諸葛亮、李靖、李勣。關羽進入武廟始於建中三年（公元七八二年），此年禮儀使顔真卿奏言：『治武成廟，請如《月令》春、秋釋奠。其追封以王，宜用諸侯之數，樂奏軒縣。』於是，『記史館考定可配享者，列古今名將凡六十四人圖形焉』。這六十四位配享者包括范蠡、孫臏、廉頗等

古名將，而蜀前將軍漢壽亭侯關羽也位列其中。至此，關羽始成爲武成王廟的配享者之一。

不過，終唐之世，關羽在官方祀典中無足輕重。至北宋初期，宋廷以『關羽爲仇國所擒』，一度曾將關羽撤出武廟陪祀的位置。只是到北宋中葉以後，在佛教、道教將關羽納入自身神系的影響下，朝廷才開始注意到關羽，並予以敕封。至宣和五年(公元一一二三年)，在禮部的奏請下，徽宗方『令從祀武成王廟』。南宋和元代時，關羽在官方祀典中地位有所提高。至明末，則由武廟的配享者一躍而尊崇爲武廟主神。從雍正到乾隆年間，關羽及武廟又逐漸獲得與孔子及文廟相當的地位，武廟亦漸成祀關專廟。（《關羽崇拜的形成與民間文化傳統》）

【註释】

尚父 姜子牙鼎力輔佐周武王姬發滅『商』立『周』，故被尊之爲『尚父』。無獨有偶，齊桓公姜小白尊管仲爲『仲父』。

神位 神的牌位。《周禮·春官·小宗伯》：『小宗伯之職，掌建國之神位，右社稷，左宗廟。』《淮南子·時則》孟冬之月：『是月，命太祝禱祀神位，占龜策，審卦兆，以察吉凶。』後泛指以書寫神名祭祀的牌位。

敕封關帝曾祖光昭王神位

【說明】

此牌置奉於崇聖祠。木質，斗形。通高二〇三、最寬九六厘米。底座長七二、寬二八、高一六厘米。藍地金字。楷書。字徑一四厘米。邊框雕飾華麗，色澤鮮美。時代不詳。據考，清咸豐五年(公元一八五五年)，加封關公三代爲王：曾祖光昭王，祖裕昌王，父成忠王。可知爲清代之物。

【註释】

敕封 即皇帝所封。敕，也作『勅』。誡，告誡之意。漢時，凡官長告諭僚屬，尊長告諭子孫，都稱『敕』。南北朝以下，始專稱君主的詔命。

敕封關帝祖裕昌王神位

【説明】

此牌置奉於崇聖祠。木質，斗形。通高二〇三、最寬九六厘米。底座長七二、寬二八、高一六厘米。藍地金字。楷書。字徑一二厘米。邊框雕飾與色澤同上。爲清代之物。

敕封關帝考成忠王神位

【説明】

此牌置奉於崇聖祠。木質，斗形。通高二〇三、最寬九六厘米。底座長七二、寬二八、高一六厘米。藍地金字。楷書。字徑一一厘米。邊框雕飾與色澤同上。爲清代之物。

關壯穆侯之神位

【說明】

此牌置奉於崇聖祠。木質，斗形。通高一四九、最寬七六厘米。底座長六六、寬三二、高二二厘米。紅地金字。楷書。字徑一〇厘米。邊框雕飾精美，盤龍在上，行龍左右相繞。加上藍、紅、白、褐等多種色彩的和諧搭配，極爲肅穆靚麗。年代不詳。

壯穆侯，關羽謚號，爲三國蜀景耀三年（公元二六〇年，正值關公誕辰一〇〇周年）後主劉禪追謚。

岳忠武王之神位

【說明】

此牌置奉於崇聖祠。木質，斗形。通高一四九、最寬七六厘米。底座長六六、寬三二、高二二厘米。藍地金字。楷書。字徑一〇厘米。邊框雕飾華麗。年代不詳。

岳忠武王，即南宋民族英雄岳飛。宋孝宗於淳熙五年（公元一一七八年）追謚爲武穆，宋寧宗於嘉泰四年（公元一二〇四年）追封爲鄂王，又於寶慶元年（公元一二二五年）改謚爲忠武，故後人稱岳忠武王。其故里河南湯陰岳飛廟、大捷之地

朱仙鎮岳飛廟和被害地杭州岳飛廟被世人譽爲『中國三大岳王廟』。因岳飛與關公同被人們視爲忠義之神，故常常并祀於一堂。其廟或稱關岳廟，或稱武廟。

我國是一個多民族相融合的國家。歷史上，由於民族的認識不同，二人的敬奉情形也有差異。在明代，關公是三界伏魔大帝，岳飛是三界靖魔大帝。岳飛與關公可以説是平起平坐的，兩人同被供奉在關岳廟中，左關公，右岳飛，兩人都居正位。但是到了清朝，情形則不同。在中國北方少數民族的眼中，關帝依然是一位頗具北方民族個性的神話人物。清朝皇帝褒揚關公的忠義神武，不僅藉崇奉關帝來籠絡蒙古諸部，也爲明末遼東降將及關内漢族提供强有力的理論根據，希望天下臣民效法關公的既忠且義，共同爲清朝效力，以關公爲榜樣。因此，在關帝的傳説中，種族意識並不濃厚，滿洲化的關瑪法，頗能爲蒙古、達呼爾、錫伯等族所接納。而岳飛饑餐胡虜肉，渴飲匈奴血，直搗黄龍的民族意識，曾引起北方各少數民族的不滿。雍正年間，岳飛的『靖魔大帝』匾額已被下令從武廟中搬了出來。岳飛神主供奉於解州祖廟内，可能是民衆自主所爲，亦或另有原因。但不論怎樣，岳飛是作爲陪祀者出現的。

供奉漢

關夫子 昭烈皇帝 丞相武侯 桓侯張夫子

老爺之神位

【説明】

此牌置奉於崇聖祠。木質，斗形。通高一〇〇、最寬八〇厘米。底座長五五、寬二〇、高八厘米。藍地。除『供奉』、『關』、『昭烈』、『丞相』和『桓侯』文字爲紅色外，餘均爲金。楷書。字徑六厘米。略有雕飾。年代不詳。

關夫子，是讀書人對關公的雅稱；昭烈皇帝，是劉備，『昭烈』爲其謚號；丞相武侯，是諸葛亮。其生前輔佐劉備建立了蜀漢政權，官至丞相，武鄉侯，死後謚『忠武侯』；桓侯張夫子，是張飛，『桓侯』爲其謚號。

武廟之祖

【説明】

此匾懸雉門内。木質，横式。規格爲三〇三×九六厘米。紅地金字。美術字體。字徑三四厘米。上款題：『二〇〇一年十月十八日。山西運城解州關帝廟新千年首次金秋大祭紀念』，下款署『中華道教關聖帝君弘道協會暨臺灣宜蘭礁溪協天廟會長、主任委員吳朝煌、臺北新店明聖宫住持柯金生、監事長柯德隆、臺中東勢善教堂副會長、主任委員羅濟潭、桃園大溪普濟教堂主任委員林添福、臺南關帝殿主任委員陳展松、臺南永康參天宫主任委員周俊生、屏東恒邑鎮天宫主任委員宋恒義、臺東太平文衡殿主任委員賴萬成、彰化員林玉天宫主任委員賴派、臺中神岡大明宫主任委員林清俊、臺中南天宫主任委員吴光雄、桃園明聖道院住持高廣源、桃園石門山奉聖宫住持廖忠富、宜蘭西關廟主任委員陳進祥、花蓮聖天宫主任委員孫紹友、臺北士城協天武聖殿主任委員王延釜、臺北萬里南天聖大宫主任委員蔡朝樹、臺北坪林關聖宫主任委員鄭天來、彰化綿西温安宫主任委員陳孟圭、臺中醒修宫董事長盧坤石』。

【註釋】

武廟　即奉祀關羽之廟。南宋建炎二年（公元一一二八年），高宗趙構封關羽爲壯繆武安王，其時已有關王廟。明萬曆間進爵爲帝，其廟號『英烈』，繼又尊爲『武廟』，祀典亞於文廟。

祖　祖廟。《書·舜典》：『受終於文祖。』傳：『文祖者，堯文德之祖廟。』《周禮·考工記·匠人》：『左祖右社，面朝後市。』註：『祖，宗廟。』尊解州關帝廟爲『武廟之祖』，已成海内外關廟和所有人士一致認同。故二〇〇五年第十六届關公文化節祖廟《祭關帝文》中有詞曰：『九州共仰，四海同宗。』

全部春秋

【説明】

此匾懸雉門後部樂樓（戲臺）明間金柱門楣。木質，横式。規格三〇七×一五五×九厘米。匾周無飾。紅地金字。字體爲楷書，字徑五〇厘米。上款題『民國五年（公元一九一六年）清和上浣穀旦』，下款署『後學李甲鼎敬題』。鈐印兩方。

樂樓位於雉門後檐處，與雉門臺基、瓦檐疊構一體，坐南面北，是祭祀關公時酬神演戲的地方。

【註釋】

全部春秋　疑有兩指：一是指關公生前最喜讀的儒家經典之一《春秋》；二是指關公的全部人生。

樂樓

演古證今

【說明】

爲雉門後部樂樓上、下場門題額。木質，橫式。長、高爲一〇二×八五厘米。藍地紅字。楷書，字徑三七厘米。

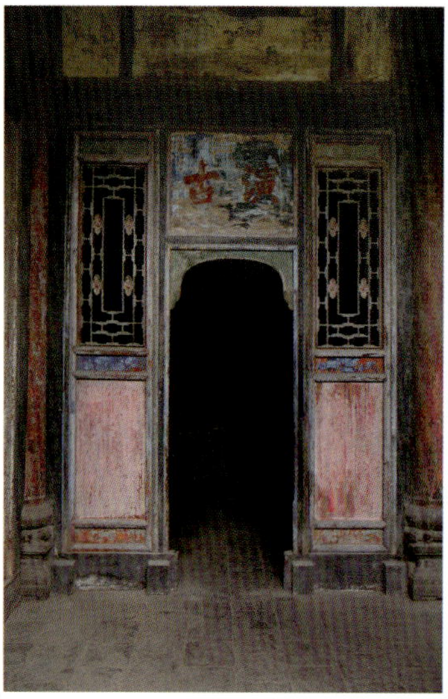

午門

【說明】

牌兩方。分別懸於午門正、背兩面檐下。木質。正面者爲斗形，竪式，規格爲一八四×九六厘米。紅地金字。背面者爲橫式，規格爲二五二×一三二厘米。紅地黑字。兩牌字體均係行楷，字徑分別爲五八、一〇七厘米。收放自如，穩重有力。加之黑、金與黑、紅有機相配，色調悦目，給人以廟堂特有的莊重肅穆之感。

午門，又稱五朝門。位於雉門和御書樓之間的中軸綫上，是解州關帝廟開間最大的唯一廡殿式五脊頂建築物。歷史上的午門不僅是帝宮之門，還是文武群臣待朝、俟命、候旨和頒布詔書的重要場所。因關羽封帝，故享有如此待遇。不過，它只是一座禮儀性的建築，並無實際功能。

午門

午門創建年代不詳，據碑記明代已有。因地震、火灾，屢次修復。現存爲民國九年（公元一九二〇年）建築。面闊五間，進深三間。前踏道當心設青石雕龍雲路一方，以示『龍躍海面，戲珠呈祥』。前後檐臺明上，除通道外均安設石勾欄圍護。望柱頭和欄板上雕有多種龍鳳、動物、吉祥圖案。

乾坤正氣

【說明】

匾懸午門明間。木質，橫式。規格二二二×一〇四×四厘米。黑地綠字。行草，字徑四〇厘米。無書者姓名。有學者認爲是柯璜書。上款題『中華民國十六年（公元一九二七年）九月穀旦』，下款署『本邑弟子孫楚謹叩』。

柯璜（公元一八七八——一九六三），字定礎，號綠天野人，浙江臺州黃巖桐嶼人（今屬臺州市路橋區），當代著名畫家、書法家和社會活動家。畢業於前清北京京師大學堂（現北京大學），歷任山西大學教授、山西博物館館長、山西圖書館館長、北京故宮古物陳列所主任、中國美術家協會理事、西南區美術工作者協會主席等。一九六三年卒於太原。時，董必武、周恩來、陳毅、李雪峰等中央領導人分別送花圈挽聯悼念之。

先生書法傾心於『二王』（王羲之、王獻之）、『二張』（張芝、張旭）、懷素，作品以行書和草書居多，尤其以草書最爲突出。筆法遒勁，氣勢磅礴。三十年代初，曾以書與齊白石畫并稱『二璜』，留有『二璜唱雙簧』之佳話。所畫山水、花卉，以大寫意法爲之，著色穠麗，用筆則純以大草之法融入畫中，水墨之作亦然。布局嚴謹，逸氣縱橫。

孫楚，山西解縣人，保定陸軍軍官學校畢業。一九一四年從閻軍的見習排長升到一九二八年時的三十三師師長。北伐戰爭期間，出任北京市警備司令。中原大戰結束後，出任正太護路軍司令。孫楚是第一個與共産黨軍隊交手的閻軍將領，在臨縣黃河一綫阻擊紅軍東征。抗日戰爭爆發後，升任第六集團軍總司令。抗戰勝利後，擔任第八集團軍總司令，兼任太原綏靖公署副主任。太原戰役中，他傾向於投降，但從不公開表達己見。後在戰犯管理所渡過了十二個春秋，一九六一年冬獲特赦，不久病逝，年七十二歲。

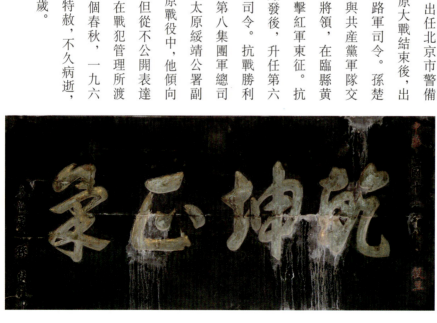

普濟商民

【說明】

此匾懸午門東次間。木質，橫式。規格三二〇×一九〇×九厘米。邊框飾貼金和彩繪吉祥圖案，如『連升三級』、『五富五泰』、『琴棋書畫』和『八仙』等。黑地金字。行書。書有法度，不失活氣。字徑七四厘米。上款題『中華民國貳拾年（公元一九三一年）九月穀旦獻』，下款署『昆裕德、裕厚泰、慶泰合、天德元、萬順源、敬成元、自立榮、益記號、自立忠、敬信義、晉益合、敬興吉、德懋興、敬信瑞、德盛合、永義長、德懋祥、敬益永。邑人張鵬翼敬書』。下鈐『伯羽』、圓形朱文和『張鵬翼印』方形白文印章兩枚。

氣塞兩間

【説明】

此匾懸午門西次間。木質，横式。規格二二三×一〇九×四厘米。黑地金字。楷書。書體端莊凝重，方圓兼施，有魏筆之意。字徑四〇厘米。惜無書者姓名。上款題『中華民國二十四年（公元一九三五年）九月穀旦獻』，下款署『信女孫張淑麟沐浴敬叩』。

【註释】

氣塞兩間　氣，正氣。塞，充滿。兩間，天地之間。《宋史·胡安國傳》：『使信於諸夏，聞與夷狄者，無曲可議，則至剛可以塞兩間，一怒可以安天下矣。』

威震華夏

【説明】

此匾懸午門東次間。木質，横式。規格二四〇×一二七×六厘米。黑地金字。行楷，字徑四一厘米。書體峻秀。無書者姓名。上款題『民國二十四年（公元一九三五年）十月十五日穀旦』，下款署『芮城縣陌南鎮信士張馬氏爲子孔文病敬叩』。

乾坤正氣

【説明】

此匾懸午門南次間。木質，横式。規格二八三×一一五厘米。匾周雕飾描金行龍。黑地金字。行書，字徑五〇厘米。上款題『戊寅年（公元一九九八年）五月山西運城解州關帝祖廟惠存』，下款署『福建石獅蚶江忠仁廟。九怪山人』。下鈐方印兩枚：白文爲『李仲安』；朱文爲：『中國江南九怪山人』。

據資料，别號『九怪山人』的李仲安，年届八十，却精神矍鑠，作書時筆走龍蛇，揮灑自如，頗具陽剛之氣。其字結體尤爲怪異，似書似畫，忽疏忽密，若斷似連，既因循一定的法度，更能於人意料之外而出新意，從而收到奇異的審美意趣效果。但觀其此匾所書，我們實不敢苟同。

忠義仁勇

【說明】

此匾懸午門西次間。木質，橫式。規格三一八×一〇三厘米。四周雕飾有金龍和蝙蝠。黑底地字。行楷，字徑五〇厘米。上、下款題『山西省運城解州關聖帝君千秋』，『福建省石獅市大崙村德義廟敬於一九九八年歲次戊寅桂月』。

福彌蒼生

【說明】

此匾懸午門東次間。木質，橫式。規格三三四×一九三厘米。四周雕飾描金行龍。黑底地字。行楷，字徑五八厘米。上款題『歲次辛巳年（公元二〇〇一年）農歷八月十三日穀旦』，下款署『河東龍居羅義人寧新院敬獻（朱文名印一方）；景克寧題（朱文名印一方）；絳州萬安王陸書（朱文名印一方）』。

題者景克寧，原名景良彥，祖籍山西運城，一九二二年十一月十二日生於北京。我國著名學者、教育家、演講藝術家。二〇〇六年三月二日逝世。其祖父景梅九是一位民主革命先驅和國學大師。

書者王陸，山西新絳人。現爲國家一級美術師，中國書法家協會會員，山西省書法家協會副主席，山西運城市書法家協會主席。曾多次參加全國書法大展，先後在北京、太原、運城等地舉辦個展。作品和傳略被收入《中日書道家作品集》、《中國文藝家專集書法卷》、《當代中國書法藝術大成》等。

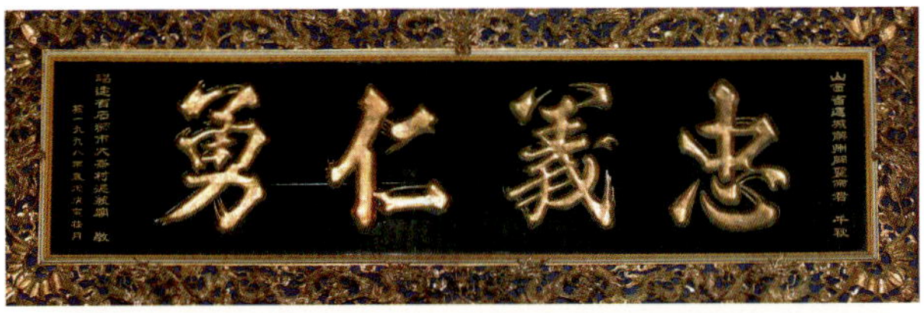

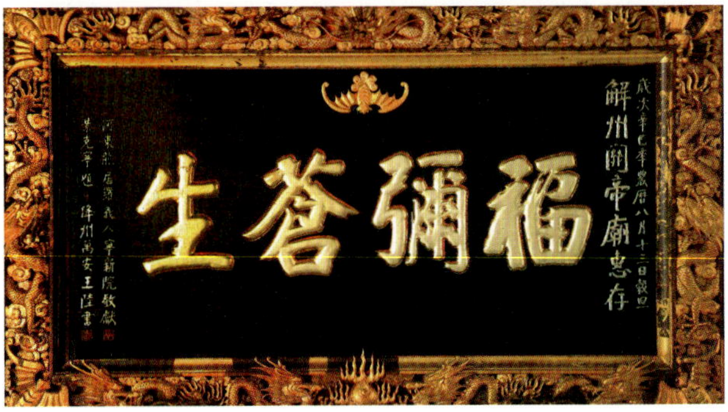

【註釋】

彌 遍及，滿。蒼生：指百姓。

四海共仰

【說明】

此匾懸午門西次間。木質，橫式。規格三三〇×一九〇厘米。匾周飾有吉祥圖案。黑地金字。行楷，字徑六二厘米。上、下款題『公元二零零一年九月穀旦。劉永貴、劉長命、馬平定、劉克勤、馬林山敬賀。河東賈起家敬書（下鈐朱印兩方）』。

賈起家，筆名硯田。一九五三年出生於山西夏縣。現爲中國書法家協會理事、中國文聯牡丹書畫藝術委員會常務副秘書長。書法作品先後榮獲『全國獎』、蘭亭獎·牡丹杯、國際書法大展賽金、銀、銅獎等多次。主編出版《衛門書派研究文集》、《懷素書學研究文集》兩部，字帖三種。

【注释】

四海　古以中國四境有海環繞。四海，猶言天下，指全國各處。

天道酬仁

【說明】

此匾懸午門明間。木質，橫式。規格三三六×一九八厘米。四周雕飾有『暗八仙』等圖案。黑地金字。行楷，字徑五五厘米。上款題『公元貳零零叁年古曆伍月拾捌穀旦』，下款署『河津市中信村薛建康敬獻』，下鈐朱文名章一方。

此匾係中國書法家協會會員、山西省書協理事、運城市書協副主席、國家二級美術師陳曦所書。惜書者未署其名。

蔭庇萬代

【説明】

此匾懸午門西次間。木質，横式。規格二九二×一七〇厘米。邊框分别飾有『風調雨順』、『三羊開泰』、『五福捧壽』圖案，並以篆書點明。黑地金字。行書，字徑六四厘米。上款題『公元二〇〇三年古曆十月穀旦』，下款署『張克賢闔家敬獻。川石書』，並分别鈐當事人姓氏『張』和書者姓氏『裴』。

裴川石，山西平陸人。現爲山西省書法家協會理事、運城市書協常務副主席兼秘書長。

【註释】

蔭　庇護。庇護人或受托於人，皆稱『蔭』。庇，遮蓋，掩護。

千秋丕範

【説明】

此匾懸午門東次間。木質，横式。規格三〇〇×一九八×七厘米。匾周雕飾描金雲龍圖案。藍地金字。行書，字徑五一厘米。上款題『甲申（公元二〇〇四年）穀旦』，下款署『賴克游、張輝恭獻』。

【註释】

丕範　大楷模。丕，大。《書·大禹謨》：『嘉乃丕績』。

國賊數曹誰曰不然顧權無以異也
張撻伐建綱常天地低昂神鬼泣

聖鄉説魯夐乎尚已惟解亦相侔焉
仰威靈明祀事山川磅礴廟堂巍

【説明】

此聯懸掛於午門明間中柱上。木質。規格三八〇×五一×三·二厘米。黑底緑字。隸書，字徑二二厘米。上款題『民國二十一年（公元一九三二年）春日』，下款署『署理解縣縣長晉城郭象蒙敬題』。下鈐方印兩枚。

署理，舊時指代理、暫任或試充官職。解縣，舊縣名。轄關公故里。晉城，屬今山西。

郭象蒙喜書法，以隸見長。此聯可謂其代表作之一。書法收放有度，縱橫捭闔，筆法老道，舒展開張，險像環生，極具氣象。

聯語既罵曹、貶權、頌羽，又借『魯』（山東，文夫子文聖人孔子故里。）説『晉』（山西，武夫子武聖人關公家鄉。），盛讚解廟之壯偉。文字因人而擇，語言因事而異。風格明快，氣勢奪人。但作者不免帶有傾向性，用封建正統觀念片面地評價歷史人物。

【註释】

曹 即曹操。

權 即孫權。

無以異 没有什麽兩樣。異，不同。

撻伐 征討之意。撻，音tà，急速的樣子，打擊。伐，討，攻伐。

綱常 三綱五常的簡稱。三綱：即君爲臣綱、父爲子綱、夫爲妻綱。五常：即仁、義、禮、智、信。都是封建社會中儒家所説的常行不變的道德標準。

天地低昂 杜甫《觀公孫大娘舞劍器行》：『天地爲之久低昂』。

敻乎尚已吩敻，音xiòng，闊遠。尚，久遠。

解 解州。五代時置。清雍正初升爲直隸州。一九一二年廢，改州爲縣。

相侔 相匹配。侔，音móu。

力扶漢鼎道闡麟經秉忠義伐魏拒吳
統南北東西四海咸欽帝君仙佛

氣稟乾坤心同日月顯威靈伏魔蕩寇
合古今中外萬民共仰文武聖神

【説明】

此聯懸掛於午門東、西次間北檐柱。木質。規格三八〇×五一×三厘米。紅底金字。行楷。綫條勁健，柔中見剛，結體寬博，爽朗有致。字徑一六厘米。無款識。

聯語頌揚關公不啻是歷史上一位忠義力行、叱吒風雲的英雄，還是世俗中一位威靈顯赫、降魔救難的神明。

【註释】

漢鼎 蜀漢的政權或帝業。鼎，古代以爲立國的重器。是帝王統治權力或國家的象徵，常與國祚、國運相連。鼎在則國存，國滅則鼎遷。故建立王朝、確定國都稱『定鼎』，奪取政權稱『問鼎』等等。

道 一定的人生觀、世界觀、政治主張和思想體系。

麟經 《春秋》之別稱。相傳孔子將生未生之時，有麒麟吐玉書於山東曲阜闕里人家，孔子的母親顔征在明白這是祥瑞的徵兆，就將一條繫璽印的綉繩綁在麒麟的角上。不久後，孔子就降生了。傳統吉祥圖案《麟吐玉書》和『麒麟送子』的説法由此而來。然而，在定公二十四年，鉏商在大澤獵得一只麒麟，拿來給孔子看，孔母征在給麒麟綁的那條絲繩還在它的角上。孔子抱着麒麟解下絲繩，泪濕衣襟，認爲瑞獸受傷，亂世將現，遂嘆息擲筆，停止了《春秋》的編撰。因爲孔子絶筆於『西狩獲麟』，故《春秋》也被稱爲《麟經》、《麟史》。

欽 敬仰。

帝君仙佛 泛指歷代對關羽的崇奉和褒封。關羽殁後，蜀後主於漢景耀三年（公元二六〇年）追封關羽爲『壯繆侯』。此後，歷三國、兩晉、南北朝及隋唐，未見封賜。但自宋而後，先王後帝，褒封纍纍。尤其是明、清之際，封贈愈來愈高，愈來愈神，幾乎到了無以復加的程度。其中，明神宗朱翊鈞不僅使關羽大大超越了人間帝王，而且把他推向道教最高、最尊貴的地位，讓關羽既『協天護國』，又在『三界伏魔』。清德宗光緒在清代九個皇帝改賜加封的基礎上，最後把關羽的封號纍疊至二十四字之多。儒、釋、道三教也不甘寂寞，爭相把關羽拉進自己的教門，或奉爲『聖人』，或奉爲『伽藍』，或封爲『帝君』。至於民間崇奉，關羽似乎成了『萬能之神』。這種現象，在中國歷史上是絶無僅有的。

禀 領受，承受。舊時常指受於自然的體性或氣質。

大義參天

【説明】

此爲樂樓外午門前西路木坊正、背兩面題額。木質，横式。規格爲二二三×六五厘米。楷書。筆法洗練，字勢端莊。字徑四四厘米。無款識。

大義參天木坊

精忠貫日

【説明】

此爲樂樓外午門前東路木坊正、背兩面題額。木質，横式。規格爲二二三×六五厘米。楷書。風格同上。字徑四四厘米。

據廟内碑記，以上二坊之建當在清乾隆二十三年（公元一七五八年）。與現存實物風格吻合。

山海鍾靈

【說明】

此爲御書樓前中軸綫木坊正面題額。木質，橫式。規格爲二一二五×七〇厘米。楷書。綫條厚重，書體沉穩。字徑四八厘米。仔細觀察，字下隱約有『如在其上』四字，今額當爲後來改刻。

【註释】

■ **山海**　確指關公故里的中條山和鹽池。鹽池，古代文獻又稱『鹾海』。

■ **鍾靈**　靈氣匯聚。鍾，匯聚；專注。

如在其上

【說明】

此爲御書樓前中軸綫木坊背面題額。木質，橫式。規格爲二二五×七〇厘米。楷書。肥而不失其力，疏而又見樸茂。字徑五四厘米。

【註释】

■ **如在其上**　《中庸》：『子曰：「鬼神之爲德，其盛矣乎！視之而弗見，聽之而弗聞，體物而不可遺。使天下之人，齊明盛服，以承祭祀。洋洋乎！如在其上，如在其左右。」』意思是：孔子說：『鬼神的德行可真是大得很啊！看它也看不見，聽它也聽不到，但它却體現在萬物之中使人無法離開它。天下的人都齊戒净心，穿着莊重整齊的服裝去祭祀它，無所不在啊！好像就在你的頭上，好像就在你左右。』

御書樓

【説明】

此牌懸御書樓正面二層檐下。木質，斗形，豎式。規格爲一八四×九三厘米。紅地金字。榜書，字徑四五厘米。是清乾隆更名時原物。書體敦厚沉穩，氣勢莊重雄渾。

御書樓，原名八卦樓，清康熙四十二年（公元一七〇三年）建。清乾隆二十年（公元一七六二年），知州言如泗爲紀念康熙來廟謁拜時在此御書『義炳乾坤』匾額，改稱御書樓。樓的外形整潔勁建，秀麗壯觀。樓高一七·〇四米，二層三檐歇山式屋頂。後部凸出有抱厦三間，卷棚式。這種前抱後厦的風格在清建築中實屬特例。後抱厦面對崇寧殿，臺基邊沿處鑿有石槽，木柱上留有孔洞，遇有佳期廟會，用木板鋪墊，可作爲酬神演戲的樂樓。

御書樓

協天大帝

【説明】

此匾懸御書樓北檐柱上方。木質，橫式。規格爲三二〇×一四五×六厘米。匾周雕飾纏枝牡丹圖案。黑底金字。楷書，字徑八〇厘米。筆力渾厚，雄强大氣。上款題『雍正七年（公元一七二九年）歲次己酉仲秋穀旦』，下款署『巡察山西户科掌印梁田火□盥手敬書』。

【註释】

協天大帝　明神宗萬曆十年(公元一五八二年)，封關羽爲『協天大帝』。協，和。

盥手　洗手。盥，音guàn。

無二心

【說明】

此匾懸御書樓後部卷棚下。木質，橫式。規格二五二×九七×五厘米。四周雕刻有行龍、海水圖案。黑底金字。楷書，字徑五〇厘米。上款題『乾隆七年（公元一七四二年）歲次壬戌孟冬月穀旦』，下款署『欽命巡視河東鹽政内務府坐辦堂郎中加一級記録十一次吉慶敬題』。鈐印三方形：引首印一枚，名印兩枚。

【註釋】

■**無二心**　没有異心。《書·康王之告》：『不二心之臣。』《舊唐書·魏徵傳》：『臣聞爲國之基，必資於德禮；君子所保，惟在於誠信。誠信立則下無二心，德禮形則遠人斯格。然則德禮誠信，國之大綱，在於父子君臣，不可斯須而廢也。』故孔子曰：『君使臣以禮，臣事君以忠。』這裏用以讚揚關公的忠誠與信義』。

絶倫逸群

【説明】

此匾懸御書樓北金柱門楣外側。木質，横式。規格三〇〇×一二五×六厘米。紅底黑字。行草，字徑八〇厘米。運筆靈活委婉，字體圓轉得法。以行草書題大牌匾者少見。上款題『諸葛武侯（亮）語』，下款署『言子七十五世孫如泗謹書』。值得一提的是，承托此匾者爲一雙寬鼻、大嘴、扇耳的怪面人頭，犄角直竪，怒目圓睁，獠牙高聳，形象猙獰。

言如泗，江蘇昭文縣人，清康熙四十五年（公元一七〇六年）生，清嘉慶二年（公元一七九七年）卒，享年九十有餘，清乾隆年間（公元一七三六——一七九五年）曾任聞喜、安邑、解州等地令守，敦促轄區撰方志、建書院、修廟宇、葺城池、興水利、築鹽池南北兩壩等，對解州關帝廟和常平祖祠操勞尤著，迄今仍爲世人所稱道。

【註释】

■ **絶倫逸群**　《三國志·關羽傳》：『羽聞馬超來降，舊非故人，羽書於諸葛亮，問超人才可誰比類。亮知羽護前，乃答之曰：「孟起兼資文武，雄烈過人，一世之傑，黥、彭之徒，當與益德并驅争先，猶未及髯之絶倫逸群也。」』絶倫，無與倫比。逸群，超群。

聖神武文

【說明】

此匾懸御書樓北金柱楣上内側。木質，横式。規格三八〇×一九〇×七厘米。匾周鏤雕極其富麗繁縟：雲氣蒸騰，祥龍遨遊，金蝠起舞。黑地金字。行書，字徑九〇厘米。綫條剛勁，字如劍戟，虚實相兼，氣韻通貫。惜無書者姓名。上款題『道光十九年（公元一八三九年）歲次乙亥四月上浣敬獻』，下款署『介邑綢鋪聚銀良、昌裕和、成章協謹叩』。

【註釋】

聖神武文　即聖明、神威、英武、文雅之意。宋高宗趙構（公元一一〇七——一一八七年）於淳熙十四年（公元一一八七年）十月死於德壽殿，十六年三月，葬於會稽攢宫（今紹興縣寶山）之永思陵，謚『聖神武文憲孝皇帝』。紹熙二年（公元一一九二年），增謚爲『受命中興全功至德聖神武文昭仁憲孝皇帝』。這裏用以稱頌關公。

萬代瞻仰

【説明】

此匾懸御書樓南檐下。木質，横式。規格二二〇×一〇〇×三厘米。黑地金字。楷書，字徑四二厘米。字體剛健勁秀，似有柳體風韻。上款題『光緒貳年（公元一八七六年）榴月中浣吉日敬獻』，下款署『仁和弟子龔浩謹書』。龔浩，生平不詳。

忠義參天

【説明】

此匾懸御書樓卷棚下。木質，横式。規格一九五×九八×四厘米。邊框雕刻行龍等。黑地金字。隸書，字徑二八厘米。無書者姓名。上款題『丙子（清光緒二年，公元一八七六年）仲春之月望日獻』，下款署『河北省鉅鹿縣弟子馬繼崑頓首拜』。

崇寧殿

【説明】

此牌懸崇寧殿二層檐下。木質，斗形，竪式。規格一八六×八六厘米。匾邊内側分别彩繪二龍戲珠和蝙蝠。紅地金字。榜書，字徑五〇厘米。書體圓潤豐滿，雍容大度。

崇寧殿，爲廟内奉祀關帝的主殿，因宋徽宗所封『崇寧真君』而得名。創建年代不詳，現存爲清康熙時重建遺構，闊臺

崇基。面闊七間，進深六間，重檐歇山琉璃頂。四周回廊，有二十六根石雕蟠龍柱環繞其間。依風格判斷應爲明代之物，亦或爲清康熙四十一年（公元一七〇二年）火毀後原物再用。柱頭額枋雕刻甚爲華麗，有飛龍、祥鳳、麒麟、奔馬、猛虎、孔雀、牡丹、樹木、天神、勇將、麗雲等，結合有機，排列巧妙，組成一幅生動活潑、絢麗多姿的藝術畫卷。大殿檐下斗栱密集，象鼻狀雙下昂翻卷自然，龍嘴含珠狀耍頭威風肅穆，彎栱層層疊架如花朵盛開，屋檐翼角起翹似鳥欲飛，屋頂琉璃艷麗奪目，熠熠閃光。殿内裝飾金碧輝煌。左右兩根高達九米的雕龍柱直通天花板，兩條鏤雕蟠龍頭上尾下環柱纏繞，朵朵祥雲鑲伴其間，氣勢恢宏，光彩照人。殿内設神龕，華麗精美，蔚爲壯觀。龕内置關帝頭戴冕旒冠，雙手持笏，身披緑袍，正襟危坐彩塑。

崇寧殿

神勇

【說明】

此匾懸崇寧殿殿前明間南檐下。木質，橫式。規格三一六×一五〇×八厘米。匾周行龍環繞，描紅貼金，雕畫極工，堂皇富麗。藍地金字。匾心二字爲楷書，字徑七八厘米。字體豐腴肥碩，既有承平之象，又有雄武之風。匾中上沿當心有篆書『欽定』二字。字周四龍環繞，金邊爲框，朱紅鋪底。

據專家考證，此匾當爲清帝弘曆乾隆三十三年（公元一七六八年）敕賜關公謚號『神勇』時親筆書就。

乾隆，生於康熙五十年（公元一七一一年），卒於嘉慶四年（公元一七九九年）。爲雍正的第四子，在位六〇年，退位後又當了三年太上皇，終年八十九歲。乾隆自幼亦深受漢族傳統文化影響，四書五經，詩詞歌賦，書法繪畫，無一不精。執政後也十分重視文化建設，『稽古右文，崇儒興學』。他對於書法的嗜好和倡導，比之祖父康熙更勝一籌，特建『淳化軒』藏《淳化閣帖》，一時帖學之風大熾。他的書學起步仍是康熙時流行的宮廷書法，後在承學各家中雅賞趙孟頫的書法，心慕手追，身體力行。字體點畫圓潤均勻，結體婉轉流暢。

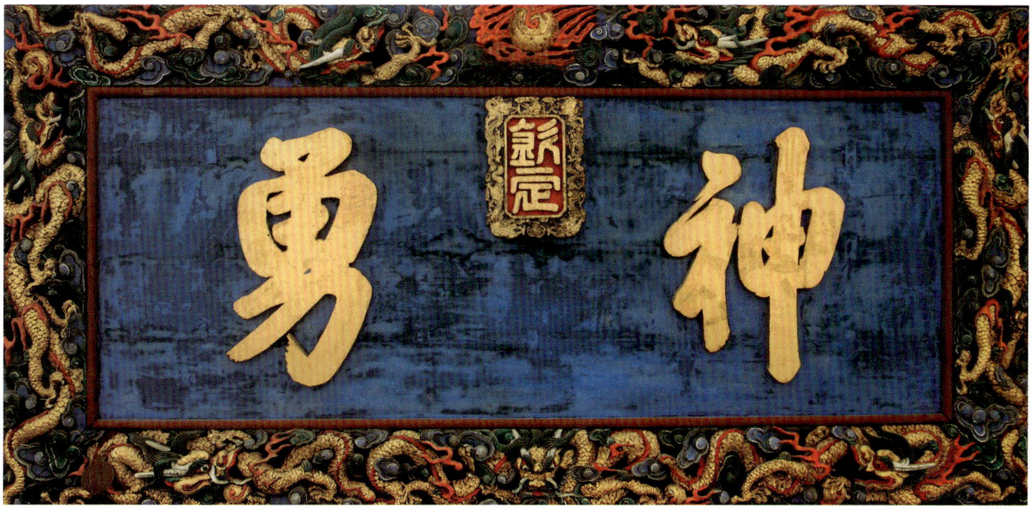

萬世人極

【説明】

此匾懸崇寧殿前明間南廊下。木質，横式。規格四〇三×一九五×一六厘米。匾周裝飾精麗。金地藍字。楷書，字徑八一厘米。綫條厚重，結體嚴謹，頗具皇家氣象。匾中上沿當心鈐有『咸豐御筆之寶』篆文朱印一方。是知爲清咸豐奕寧御書。

咸豐，道光十一年（公元一八三一年）生於北京圓明園，咸豐十一年（公元一八六一年）病故。在位十一年。他對關公崇奉至極，先後三次加封。不僅如此，他還追封了關公三代。『萬世人極』正是他對關公的極高讚譽。咸豐的書法也受趙孟頫影響頗深，端莊嚴謹，骨肉豐滿，剛勁有力。據云，咸豐所遺墨迹較爲罕見。

【註释】

■ **人極**　爲人的准則。隋王通《中説·述史》：『仰以觀天文，俯以察地理，中以建人極。』儒家所講『立人極』，是旨在强調人應當不斷地無止境地追求真理，成爲聖人仁人。

義炳乾坤

【說明】

此匾懸崇寧殿内前槽上隅二金柱之間。木質，横式。規格三八〇×一三〇×一〇厘米。匾周雕龍凸起，蜿蜒曲折作戲珠狀。藍地金字。楷書，字徑六〇厘米。筆法平穩，書體規整。匾中上沿當心鈐有『康熙御筆之寶』印文一方。

按，此匾當爲清聖祖康熙三十七年（公元一六九八年）御制。

康熙，名玄燁，是順治的第三子，生於順治十一年（公元一六五四年）。是中國歷史上在位時間最長的皇帝（六十一年）。他從小接受漢文化教育，在位期間，重視文化建設，組織編纂了《古今圖書集成》、《全唐詩》、《佩文韻府》、《康熙字典》等大型圖書。其書法學董其昌，視董書爲圭臬，軟美中涵有博雅的氣度，但却失去了董書的神韻。

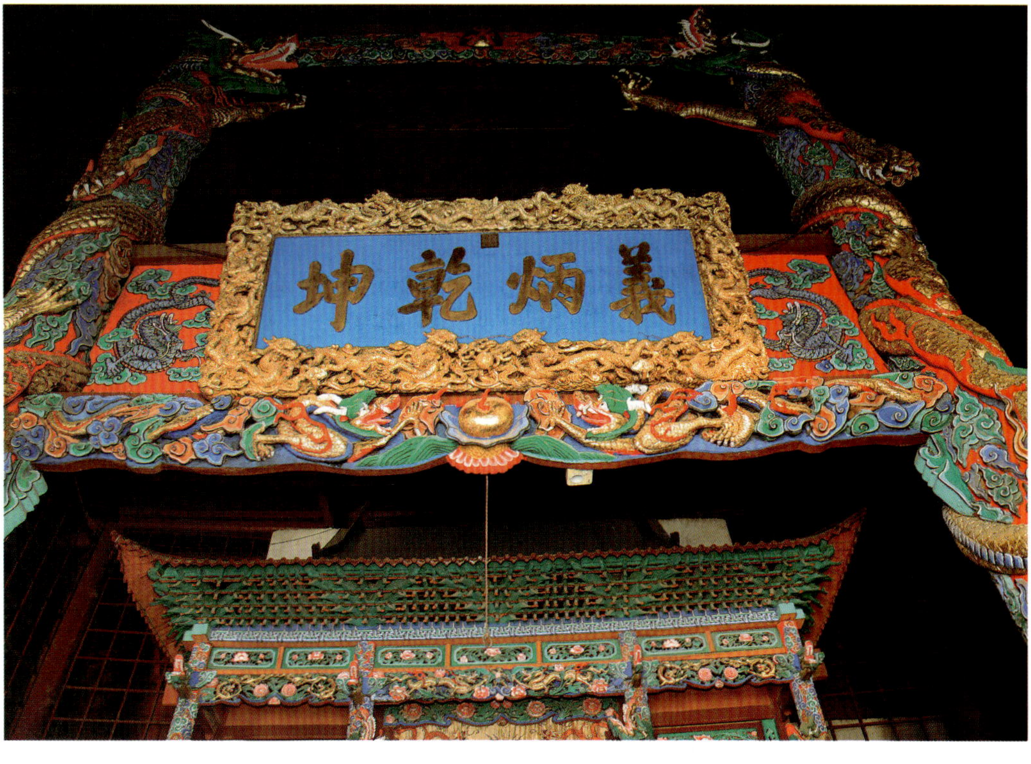

剛健中正

【説明】

此匾懸崇寧殿明間南廊下。木質，横式。規格二四八×一一四×五厘米。黑底金字。楷書，字徑六八厘米。字如其匾，筆力勁健。匾心中下部題款『太穀匯泉阜吕精緻謹叩』。

【註释】

剛健中正　意爲强勁正直。《周易·文言》有：『大哉乾乎，剛健中正，純粹精也。』意思是説，偉大啊乾陽，剛勁强健，居中得正，可謂至純粹至精美。這裏所説的剛健中正，是萬事亨通的無形大道。這種和爲貴的中道思想是儒家基於其天人合一的宇宙觀得出的最高理念。並進而發揮出德治、仁義、禮樂的經世致用哲學。作爲一種積極入世的思想學説，儒家文化不可避免地帶有一定的歷史局限性。然而去蕪存精，却使它光照萬代，歷久彌新。應該説，正是這種均衡大用的哲學内涵，才使得儒家學説成爲中華文明的主流文化，流芳百世，澤被海外。

忠師義勇

【說明】

此匾懸崇寧殿西次間南廊下。木質，橫式。規格二七七×一三五×五厘米。黑底金字。行楷，字徑五五厘米。上款題『（清）同治八年（公元一八六九年）歲次己巳暑月穀旦』，下款署『管帶慶字右營湖南長沙府寧鄉縣藍翎都司劉漢春薰沐謹叩』。

萬古精忠

【説明】

此匾懸崇寧殿明間南廊下。木質，橫式。規格一六〇×八〇×四·五厘米。四周有簡單裝飾。金底藍字。楷書，字徑三三厘米。上款題『光緒丁酉年（公元一八九七年）巧月（七月）穀旦獻』，下款署『芮邑馮村弟子陳文藻、陳文華敬叩』。

【註释】

■**精忠** 《宋史·岳飛傳》載，南宋紹興三年（公元一一三三年）高宗曾親書『精忠岳飛』四字，製旗賜與岳飛。

浩氣磅礴

【説明】

此匾懸崇寧殿明間南廊下。木質，橫式。規格一五二×八〇×二·五厘米。黑底金字。魏體，頗具清代大書家張裕釗之書韻。字徑二六厘米。上款題『中華民國三十三年（公元一九九四年）元旦日獻』，中下部署『解縣寧家莊陳憲度；虞鄉縣屯裏村申俊耀、申俊秀、石衛村王舉明；榮河縣興王莊王滿鴻』，下款爲『信士沐浴謹叩』。

附：張裕釗，字廉卿，湖北武昌人，道光二十六（公元一八四六年）年舉人，官内閣中書，歷任武昌文庭書院、南京鳳池書院、襄陽鹿門書院主講。其書專學魏碑，化北碑爲己用，運筆時，橫竪點畫挺拔，轉折處外方内圓，長方結體，墨迹飽濃，内斂精氣，外顯墨彩。被康有爲譽爲清代四大書家之一。

【註释】

■**浩氣** 浩然之氣，即正大剛直之氣。磅礴：盛大，充滿。

忠義參天

【說明】

此匾懸崇寧殿東次間南廊下。木質，橫式。規格二七六×一三〇×六厘米。匾周有飾。紅底金字。行楷，字徑四八厘米。上、下款爲『大清同治四年（公元一八六五年）歲次乙丑四月吉旦獻。雙成合、和順正、新盛福、廣盛和、新成德、和順公、德萬正、王生智。雒邑石門鎮合會人叩』。

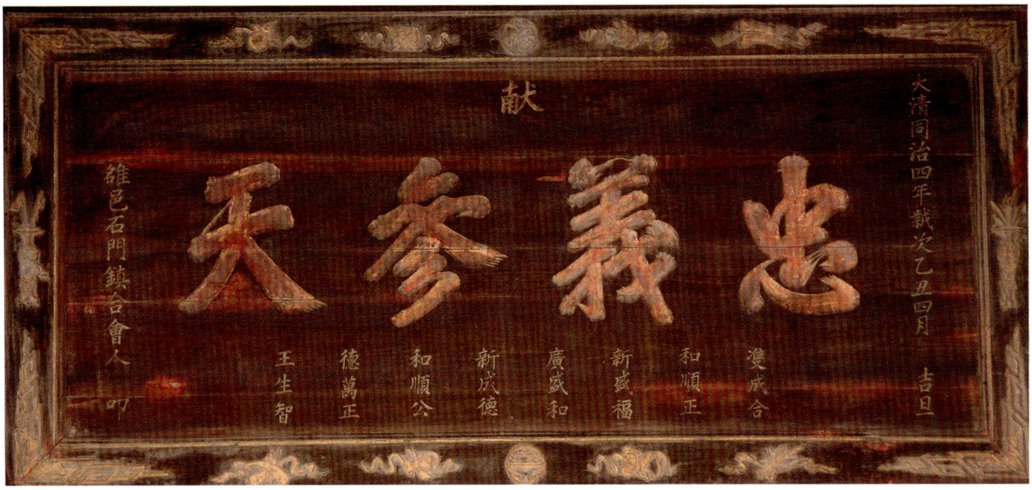

靈應如響

【説明】

此匾懸崇寧殿東次間南廊下。木質，橫式。規格一九五×一〇〇×三厘米。黑底金字。楷書，字徑三七厘米。上款題『中華民國歲次丁亥（公元一九四七年）九秋穀旦立』，下款署『河南省鄢陵縣孫海榮、河北省鉅鹿縣李慶考　仝虔誠沐浴敬叩』。

【註释】

響　回應。《易·系辭上》：『其受命也如響』。

忠義兩全

【説明】

此匾懸崇寧殿東次間南廊下。木質，橫式。規格一九五×八七×六厘米。邊框雕飾描金雲龍圖案。黑底金字。楷書，字徑三九厘米。上款題『山西省關聖夫子千秋』，下款署『閩石獅市外高村弟子高永快敬』。

英靈萬古

【說明】

此匾懸崇寧殿西次間南廊下。木質，横式。規格一八八×九七×四厘米。黑底金字。楷書，字徑三八厘米。上款題『中華民國十六年（公元一九二七年）歲次丁卯四月穀旦獻』，下款署『弟子鹿天垣率孫光第敬叩』。

乾坤正氣

【說明】

此匾懸崇寧殿西次間南廊下。木質，横式。規格二一七×一一六×五厘米。藍底金字。楷書，字徑四〇厘米。上款題『特授山西平垣營遊擊寶齡薰沐敬獻』，下款署『同治十年（公元一八七一年）桃月上浣穀旦』。

福庇無疆

【説明】

此匾懸崇寧殿東梢間南廊下。木質，横式。規格二二六×一一〇×七厘米。周邊雕飾精麗。藍地金字。行書，字徑四五厘米。上、下款題『紬（綢）緞行人等叩。天德成、永興公、長發祥、增盛、天成元、泰□公、新盛恭、義元珍、隆泰和、同升盛、天義合、順盛永、永盛、合興和、興順合。道光十八年（公元一八三八年）七月十五吉旦』。

【註释】

無疆　無限；没有窮盡。《詩·豳風·七月》：『萬壽無疆。』

神恩永護

【說明】

此匾懸崇寧殿東梢間南廊下。木質，横式。規格一九二×九八×五厘米。匾之四角各飾一描金蝙蝠。藍底金字。行楷。厚重靈動，鋒芒内斂。字徑四七厘米。上款題『同治歲次己巳（公元一八六九年）九月吉日穀旦獻』，下款署『古絳西關同心成號虔叩』。

與天地參

【説明】

此匾懸崇寧殿東梢間南廊下。木質，横式。規格二二二×一一六×三厘米。黑底金字。行楷，字徑三八厘米。上、下款題『中華民國八年（公元一九一九年）孟春月吉日立。前永和縣知事高星門偕男崇義敬叩』。

據説，在臺灣彰化市孔廟裏，也保存有一塊同樣内容（係乾隆御書）的牌匾。

【註释】

■ **與天地參** 出自《易經》説卦傳中的『參天兩地而倚數』。後引伸爲配天與地而爲參。例如《中庸》所載：『唯天下至誠，爲能盡其性；能盡其性，則能盡人之性；能盡人之性，則能盡物之性；能盡物之性，則可以贊天地之化育；可以贊天地之化育，則可以與天地參矣。』與天地參，就是説與天地并列爲三，説明人的思想、品德、智能的無比高尚。這裏是形容關公聖德的偉大，足以配天與地。

靈著保赤

【説明】

此匾懸崇寧殿東梢間南廊下。木質，横式。規格七三×四二×二厘米。白底黑字緑邊。行楷，字徑一二厘米。上款題『中華民國三十三年（公元一九四四年）七月十五日立獻』，下款署『本邑信士馮鵬飛、男 效魁、馬魁、育魁沐浴謹叩』。

【註释】

■ **靈** 威靈，神靈。著，顯赫。保赤：保佑幼童或百姓。赤，即赤子，本意爲嬰兒。《書·康誥》『若保赤子。』疏：『子生赤色，故言赤子。』引申爲子民百姓。

福國佑民

【說明】

匾懸崇寧殿西梢南廊下。木質，橫式。規格二七〇×一四〇×一五厘米。匾周鏤雕行龍、花草，繁茂富麗。藍底金字。行書，字徑五〇厘米。上題款『聞邑信士任作柱及男觀海叩』，下款署『大清光緒三年（公元一八七七年）清和月吉旦立』。

錫福無疆

【說明】

此匾懸崇寧殿西梢間南廊下。木質，橫式。規格一九七×一〇四×五厘米。黑底金字。行書。布白勻稱，綫條凝重，體態圓潤，整體和諧。字徑三九厘米。上款題『大清同治玖年（公元一八七〇年）歲次庚午捌月中秋穀旦獻』，下款署『郡後學庠貢生景堯型謹叩』。

【註释】

錫福　即賜福之意。錫，賜給。《宋史·樂志》：『育我嘉生，神惠是仰。載致斯幣，庶幾用享。鼓之舞之，式緊爾神。錫福無疆，佑此下民。』

萬古威靈

【說明】

此匾懸崇寧殿西梢間南廊下。木質，横式。規格二一五×一〇七×三·五厘米。金底藍字。行楷，字徑三八厘米。上款題『花翎同知署理靈石縣汪敦元敬叩』，下款署『光緒三十年（公元一九〇四年）甲辰孟春穀旦』。

汪敦元，生平事迹不盡詳。今山西著名名勝景觀晉祠内保存有他撰寫的一幅對聯：『勝迹拓蓬萊，憑欄向遠，只贏得幾點落花數聲啼鳥；名山開圖畫，把酒凌虛，莫辜負四圍香稻萬頃沙鷗』。

【註释】

威靈　威力，神靈。

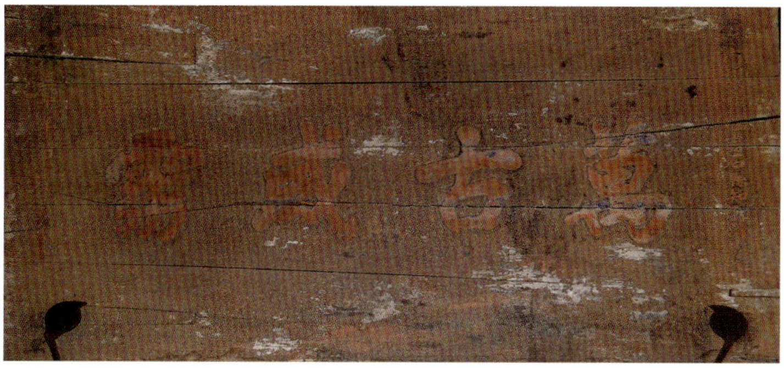

德配尼山

【說明】

此匾懸崇寧殿西梢間南廊下。木質，横式。規格九六×五〇×三厘米。整方牌匾爲雲朵狀，玲瓏小巧，風韻飄逸。可謂設計新穎，造型别致。藍底金字。楷書，字徑一七厘米。上款題『壬午孟夏敬獻』，下款署『陝西侯補縣丞芮邑郭守倫』。

【註释】

尼山　山名，又名尼丘山。在山東曲阜東南三〇公里處，爲孔子誕生地。相傳叔梁紇與顏氏女於尼山野合而生孔子（見《史記·孔子世家》），所以其父爲其取名爲孔丘。因孔子家中兄弟二人，他排行第二，故字仲尼。因創立儒家學説，他被後人尊稱爲『孔子』、『孔聖人』。爲避諱，尼山也因以爲孔子之别稱。

忠義

【説明】

此匾懸崇寧殿西梢間南廊下。木質，横式。規格七七×五一×三厘米。金底藍字。隸書，字徑一五厘米。上款題『中華民國十八（公元一九一九年）年桂月穀旦獻』。下款署：『山西汾陽縣衛錫袞敬叩』。

功高宇宙

【説明】

此匾懸崇寧殿東廊下。木質，横式。規格一九五×九九×三厘米。黑底金字。楷書，字徑四〇厘米。上款題『中華民國十九年（公元一九三〇年）二月穀旦獻』，下款署『陝西臨邑弟子李鴻林沐手敬叩』。

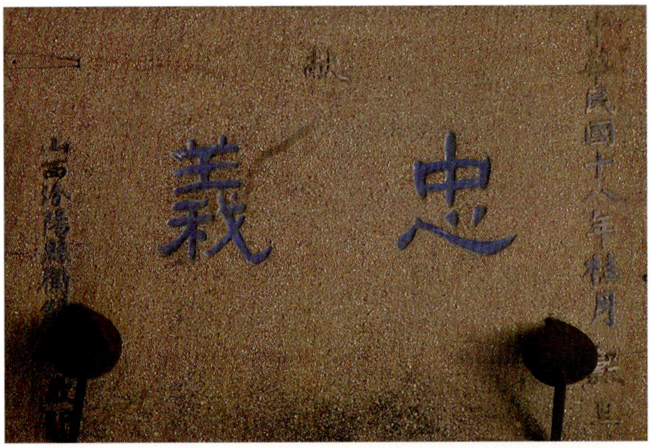

神靈默佑

【說明】

此匾懸崇寧殿明間南廊下。木質，橫式。規格一六五×八一×一·三厘米。黑底金字。楷書。行筆沉穩，法度謹嚴。字徑三五厘米。上款題『黃帝紀元四千六百九年歲次辛亥（公元一九一一年）冬月下浣敬獻』，下款署『秦隴復漢軍派赴東路山西招討使軍政部副長陳樹發薰沐題』。

按，秦隴復漢軍政府，是一九一一年十月二十七日陝西新軍起義後所成立。以張鳳翽爲大統領，萬炳南、錢鼎爲副大統領。不久，山西革命黨人電請張鳳翽派兵援晉，張鳳翽任命陳樹藩爲河東節度使，指揮陳樹發、嚴飛龍、王飛虎渡過黃河，佔領了山西運城。陳樹藩正盤算着如何擴大勢力，突然接到張鳳翽緊急命令，回師陝州增援與清軍作戰的張鈁部。陳樹藩派陳樹發等率部增援，自己坐鎮運城。陳樹發也盯着運城這塊肥肉，按兵不動。結果，誤了戰機，使張鈁戰敗，丢失了靈寶、閿鄉、潼關。此匾即當時背景下所書、所製。

神恩永護

【說明】

此匾懸崇寧殿東廊下。木質，橫式。規格九七×五九×三·五厘米。黑底金字金邊。楷書，字徑二〇厘米。上款題『民國十七年（公元一九二八年）菊月中浣穀旦獻』，下款署『解縣崇義合、猗氏縣杜和平沐浴敬叩』。

靈護梓輪

【說明】

此匾懸崇寧殿東廊下。木質，橫式。規格二二五×一一二×三厘米。紅底黑字。隸書，字徑四〇厘米。上款題『中華民國貳拾捌年（公元一九三九年）夏曆元月十三日立獻』，下款署『工頭北賈邨弟子喬世英願心敬叩』。

【註釋】

梓輪 泛指木工。古代攻木之工有七種，《周禮·考工記》詳載謂：『攻木之工，輪、輿、弓、廬、匠、車、梓。』輪人，周官名。掌製造車輪及有關部件。《墨子·天志上》：『譬如輪人之有規，匠人之有距。』輿人，造車的人。弓人，造弓的人。廬人，攻木之工官，造戈戟等兵器之柄者。匠人，木工；技工。主營宮室城郭溝洫，或說主載柩窆。車人，造車及農具的木工。梓人，木工。由此可知，敬獻此匾者爲木工。

絶倫逸群

【說明】

此匾懸崇寧殿東廊下。木質，橫式。規格一二七×五九×三厘米。金底黑字。楷書，字徑二五厘米。上款題『同治甲戌年（公元一八七四年）小陽月吉日獻』，下款署『朝邑閻廼林謹叩』。

福無疆

【説明】

此匾懸崇寧殿東廊下。木質，橫式。規格九三×五八×三·五厘米。金底藍字。行楷，字徑二五厘米。上、下款題『民國十三年（公元一九二四年）吉日立獻。汾城縣張春茂敬叩』。

牌匾内容在古詩文中時見，如：『來假來饗，降福無疆。』（《詩經·商頌·烈祖》）『多福無疆。』（劉勰《文心雕龍》）『祉福無疆，於民敷揚。』（《金史·樂志》）等等。

澤被萬民

【説明】

此匾懸崇寧殿東廊下。木質，橫式。規格六九×四四×二·五厘米。黑底紅字。行楷，字徑一五厘米。上、下款題『民國三十五年（公元一九四六年）古四月初八日立。廉英□、廉長慶、王寶□、謝玉蓮，善男信女。猗氏縣西裏村古佛□祈（以下剥蝕）』。

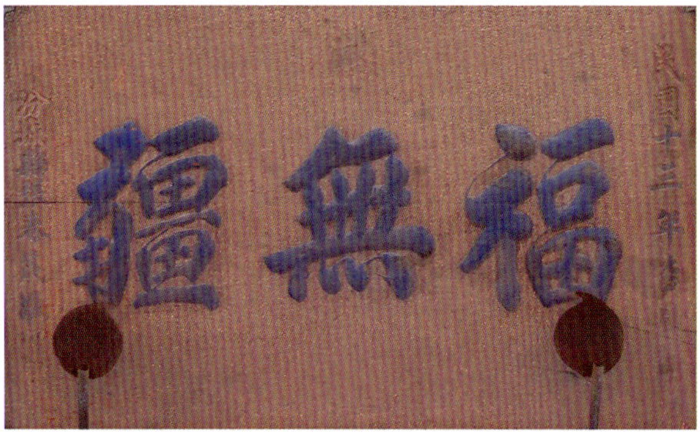

危者使平

【説明】

此匾懸崇寧殿西廊下。木質，橫式。規格一六〇×八〇×四厘米。藍底金字。行楷，字徑四〇厘米。上款題『光緒二十四年（公元一八九八年）九月穀旦立獻』，下款署『武安弟子韓茂林爲病愈叩』。

【註释】

危者使平　語出《易·繫辭下》：『《易》之興也，其當殷之末世，周之盛德邪？當文王與紂之事邪？是故其辭危，危者使平，易者使傾。』意思是説，只有當人們處在非常危險和緊急的狀態下，處事才會謹慎小心，從而化險爲夷，轉危爲安。人通常在安逸幽静的環境中，易於懈怠，所以往往導致覆滅，一敗塗地。

五禱五應

【説明】

此匾懸崇寧殿東廊下。木質，橫式。規格九七×五六×三·五厘米。黑底紅字紅邊。行楷，字徑二〇厘米。上、下款題『中華民國三十二年（公元一九四三年）六月二十一日獻。胡林立、姚林泉、張有志、商務會段登雲、張受天、張三傑、德記、同生玉、恒興正、復興德、永義祥、德勝泰、久生福、三益公、順興德、魏可讀，高步雲、李枝榮、裴清亮、周清福、孔超存、張德元。本郡弟子張貴生爲祈雨即應沐浴謹叩』。

【註释】

禱　祈神求福、求佑。

應　應驗，靈驗。

帝德廣被

【説明】

此匾懸崇寧殿西廊下。木質，横式。規格一〇四×五四×二·七厘米。黑底金字。楷書，字徑二〇厘米。上、下款題『甲戌（公元一八七四年）季春之吉獻。長安信士張秉衡敬立』。

【註释】

廣被 廣泛受到。廣，擴大，廣泛地。被，及。今有『教澤廣被』等。

文武聖人

【説明】

此匾懸崇寧殿西廊下。木質，横式。規格一一四×五八×三厘米。黑底金字。楷書，字徑一三厘米。上、下款題『陝西華縣西南鄉高塘鎮同家村會長叩。同忠義、同克秀、同克寬、同忠正、同悦海、同向榮、同福禮、王克祥會長仝叩。中華民國十二年（公元一九二三年）四月吉日立』。

【註释】

文武聖人 中國古代有兩聖人，文聖孔子，武聖關羽。而唯關羽文武兼資，故稱。聖人，道德智能極高之人。《易·乾·文言》：『聖人作而萬物睹。』《荀子·性惡》：『故聖人者，人之所積而致也。』

持危扶顛

【説明】

此匾懸崇寧殿西廊下。木質，橫式。規格九五×五八×二·五厘米。黑底金字。楷書，字徑一八厘米。上款題『中華民國三十年（公元一九四一年）正月吉日立獻』，下款署『永濟縣弟子樊月寬、胡景緒、廉百瀛叩』。

【註釋】

持危扶顛 扶持危困的局面。《論語·季氏》：『危而不持，顛而不扶。』《宋史·李光傳》：『光奏疏極論朋黨之害：「議論之臣，各懷顧避，莫肯以持危扶顛爲己任。」』

神恩可報

【説明】

此匾懸崇寧殿西廊下。木質，橫式。規格八六×四二×四厘米。藍底金字。行楷。點畫沉實，結字縝密，收落自如。字徑一四厘米。上、下款題『中華民國三十五年（公元一九四六年）菊月十三吉日立獻。弟子山西定襄縣師家灣村梁子清叩』。

指迷拯危

【說明】

此匾懸崇寧殿北廊下。木質，横式。規格一〇〇×五八×二·五厘米。黑底金字。行楷，字徑一八厘米。上款題『中華民國三十五年（公元一九四六年）正月吉日』，下款署『本縣西關慎昌號敬叩』。

【註释】

指迷拯危　指點迷津，拯救危難。

永護神恩

【說明】

此匾懸崇寧殿北廊下。木質，横式。規格七一×四·五×一·八厘米。黑底金字。楷書，有柳體風韻。字徑一六厘米。上、下款題『中華民國十九年（公元一九三〇年）中秋吉立獻。晉敬興吉、吴炳焜敬叩』。

浩然正氣

【說明】

此匾懸崇寧殿北廊下。木質，橫式。規格一一九×四九×四厘米。黑底紅字。篆書，字徑二二厘米。上、下款題『壬午（公元一九四二年）夏五月吉日。高炳炎敬獻』。下鈐方形朱文名印一枚。

【註释】

浩然正氣 正大剛直之氣。

協天大帝

【說明】

此牌置於神龕前臺面左隅。木質，豎式。規格六四×一四厘米。紅地金字。楷書，字徑一三厘米。

伏魔大帝

【說明】

此牌置於神龕前臺面右隅。木質，豎式。規格六四×一四厘米。紅地金字。楷書，字徑一三厘米。

以上二牌傳爲清乾隆時當地書家模倣弘曆筆意而就，歷任住持藏傳至今。

【註释】

伏魔大帝 爲明神宗朱翊鈞（公元一五七三——一六二〇年）於萬曆四十二年（公元一六一四年）加封關公的封號，全稱『三界伏魔大帝神威遠鎮天尊關聖帝君』。

帝德廣運

【説明】

此匾懸崇寧殿内東次間。木質，橫式。規格三四八×一六八×五厘米。黑底金字。楷書，字徑五〇厘米。筆力勁健，頗有柳體風骨。上款題云：『大清光緒十七年（公元一八九一年）歲次辛卯如月上浣。』下有跋文，曰：『同治癸酉歲（十二年，公元一八七三年）春，德策名入觀，因歸選指省，猶豫未決，恭赴正陽門叩祈聖帝，默示前程，得上吉簽「有吉無不利」等語，遂決志仕秦，需次一十六載，歷任衝繁，幸無隕越，悉與簽語默合。感聖訓之有靈，荷神恩於無既，恭書匾額，聊表微誠。德薰沐敬跋。』落款『欽加運同銜誥授朝邑大夫陝西補用同知歷署寧羌、孝義、渭南、葭州篆務李修德百叩』。

【註释】

廣運　廣大深遠。《書·大禹謨》：『帝德廣運，乃聖乃神，乃文乃武。』

寸心千古

【說明】

此匾懸崇寧殿內東次間。木質，橫式。規格二一〇×一一五×三厘米。正書，字徑四五厘米。楷書，肥碩乏力，似在勾勒時變形較甚。上款題『大清光緒二十七年（公元一九〇一年）歲次辛丑桂月穀旦』，下款署『解州學正蒲坂展成章謹叩』。

【註釋】

寸心 猶言區區之心。心位於胸中方寸之地，故稱寸心。唐杜甫《杜工部草堂詩籤·偶題》：『文章千古事，得失寸心知。』

義薄雲天

【說明】

此匾懸崇寧殿內東次間。木質，橫式。規格一三一×六二×三厘米。紅底緑字。行書，字徑二八厘米。上款題『解州關帝廟永葆』，下款署『姚奠中書。臺灣石紫謹獻。庚午（公元一九九〇年）秋』。

姚奠中，原名豫太，以字行，別署丁中，樗廬。一九一三年五月生於山西省稷山縣。早年從國學大師章太炎研究國學，是章太炎的研究生、關門弟子。爲今著名學者，古典文學家，詩人，教育家，書法家。不求聞達，人品絶倫。才學書藝，當今難有抗衡者。曾當選全國政協六、七届委員、山西省政協五、六届副主席；中國書協二届理事，山西省書協副主席、學術顧問、名譽主席。

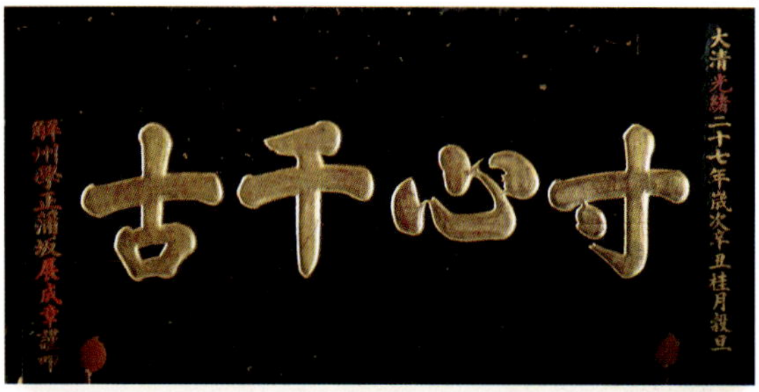

忠義參天

【說明】

此匾懸崇寧殿內。木質，橫式。規格二一八×六七×三厘米。紅底金字。行書，字徑三六厘米。上款題『山西運城解州關帝廟惠存』，下款署『臺灣桃園聖義堂堂主蔡承亞、主任委員林建宏暨義子義女委員會一同敬獻。歲次癸酉年（公元一九九三年）桐月吉置』。

正義參天

【說明】

此匾懸崇寧殿內。木質，橫式。規格一五五×六五×三厘米。黑底金字。行書，字徑二五厘米。上、下款題『山西解州關帝廟惠存。臺灣土城鄉天靈宮住持陳巫率衆弟子敬贈。一九九三年三月』。

天地正氣

【說明】

此匾懸崇寧殿內。木質，橫式。規格一二七×五〇厘米。黑底金字。行書，字徑一八厘米。上、下款題『山西運城關聖帝君千秋。甘肅天水弟子何嘉叩。貳零零貳年柒月』。

剛□（毅）仁慈

【說明】

此牌懸於崇寧殿外西壁。木質，圓形。原爲四，今存三，每字一牌。直徑一五五厘米。隸書。字徑一一〇厘米。無款識。

按，據内容推測，所缺者疑爲『毅』。

剛毅自强的精神和仁慈寬厚的道德，不僅是對關公的讚頌，也是中華民族長盛不衰的秘密。

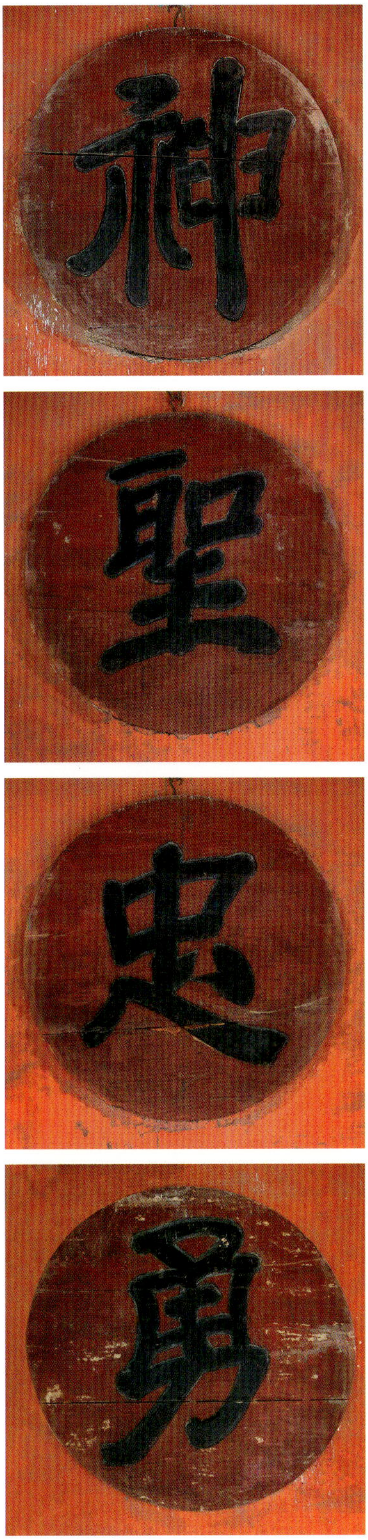

神聖忠勇

【說明】

此牌懸於崇寧殿外東壁。木質，圓形。每字一牌。直徑一五五厘米。隸書，字徑一二四厘米。無款識。

以上二牌每字略帶行意，嚴謹不失靈活，用筆化柔爲剛，沉穩遒勁。

永荷神庥

【説明】

此匾懸寢宮院門楣。木質，横式。規格一四〇×七四×四厘米。紅底黑字。行書。清秀靈動，富有神韻。字徑三〇厘米。上款題『中華民國十七年（公元一九二八年）荷月吉日立獻』，下款署『吉林弟子賀恩魁敬叩』。

【註释】

荷 承受。如感荷，拜荷。庥：庇蔭。

寢宮院門

氣肅千秋

氣肅千秋

【説明】

此爲春秋樓前木牌坊題刻。木質，横式。長寬二四〇×九〇厘米。藍底金字。行楷，字徑五二厘米。

『氣肅千秋』坊，位於廟内後宫春秋樓前，是中軸綫上最高大的木牌坊。肇建時間當在明萬曆之初（公元一五七三年）。後經嘉慶二十年（公元一八一五年）地震損壞，清同治六年至九年（公元一八六七——一八七九年）重建。坊爲四柱三樓廡殿式。迎風板上彩繪花卉圖案和《三國演義》故事，如『温酒斬華雄』、『卧牛山收周倉』等。

刀樓

【説明】

此牌爲春秋樓前刀樓樓額。木質，斗形，竪式。長寬一四〇×六〇厘米。白底黑字藍邊。榜書，字徑四〇厘米。

是樓以内藏『青龍偃月刀』而得名。創建年代約在明萬曆初（公元一五七三年），現爲清道光四年（公元一八五一年）遺存。面闊、進深皆三間，二層三檐十字歇山頂。體量不大，造型秀美。額枋雕刻亦甚佳，如彈琴、對棋、鬥鷄、鳥雀等圖案。

印樓

【說明】

此牌爲春秋樓前印樓樓額。木質，斗形，竪式。長寬一四〇×六〇厘米。白底黑字藍邊。榜書，字徑四〇厘米。

是樓以内藏『漢壽亭侯』引而得名。創建年代及造型風格同刀樓。額枋雕刻有讀書、繪畫、打牌、敲鼓、吹喇叭等畫面。少年皆着青衣，幼童裸體或穿紅兜肚，形象生動。兩樓於清康熙四十一年（公元一七〇二年）遭火焚後重建。乾隆二十七年（公元一七六二年）知州言如泗更名並『釐正匾額』。

麟經閣

【説明】

此牌爲春秋樓樓額，懸春秋樓二樓明間南檐下。木質，橫式。規格二三三×九〇×三厘米。藍地金字。榜書。繁簡得體，輕重合宜，布白匀稱，富有韻味。字徑四一厘米。上款題『（清）嘉慶丁巳（二年，公元一七九七年）九月』，下款署『州牧胡龍光敬書』。鈐印三方，其中上款鈐條形閑章一枚；下款『胡龍光』與『敬書』間鈐白文、朱文印各一枚。

據資料，胡龍光（公元一七三六——一八一一年），清會稽人。乾隆三十年（公元一七六五年）舉人，四十年進士，歷任知縣、知府，重視文教，吏治清明。

麟經閣又名春秋樓。該樓爲寢宮主體建築，亦爲廟内最高建築。該樓始建至遲在明初（公元一三六八年）

春秋樓

或者更早。現存結構爲清同治九年（公元一八七〇年）重建。二層三檐九脊式屋頂，面闊七間，進深六間，柱列三圍，環廊一周，規模甚巨。無論樓内樓外，建築極爲華美，雕飾極其精麗，尤其是它的托梁吊柱結構手法，在我國古代建築中尚屬孤例。上下神龕裏分别塑有關公戎裝像和夜讀春秋像，技藝之精湛，海内外享有盛譽。楹聯、匾額琳琅滿目，無不給人以至美。

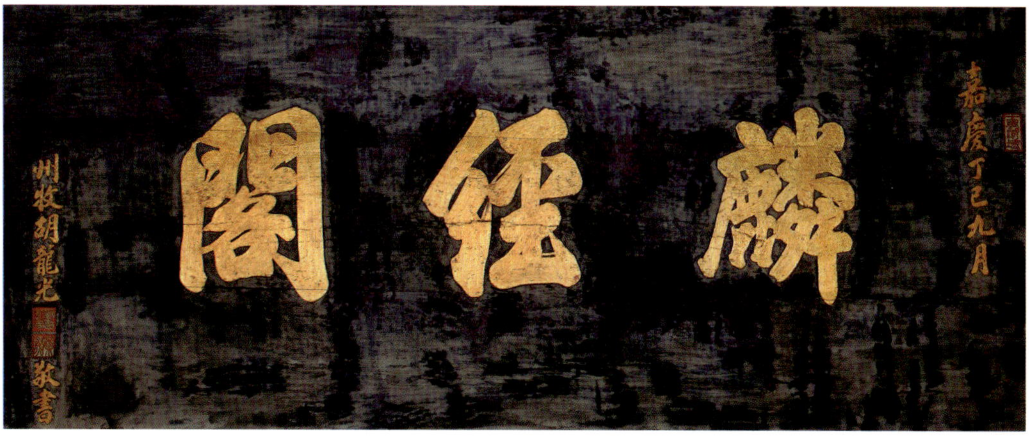

威靈震疊

【說明】

此匾懸春秋樓内一樓神龕上方，木質，横式。規格三二〇×一七〇×三厘米。金地藍字。行書。穩重俏皮，頗具特色。字徑五五厘米。周邊透雕精細，上沿爲二龍戲珠，兩側升龍蜿蜒，下沿爲丹鳳朝陽，纏枝牡丹貫穿四周，枝繁葉茂，花束怒放。無鎸刻年款和書丹者姓名。據有關專家分析認爲，或爲重建春秋樓竣工時士紳商賈集資鎸刻，或爲富豪信士隱姓埋名而獻虔誠。

【註释】

威靈 威嚴的神靈。震疊：驚懼。這裏應是敬畏。

護世真君

【說明】

此匾懸春秋樓内一樓明間金柱上方。木質，横式。規格三二〇×一三二×五厘米。藍底金字。行書，字徑六〇厘米。無上下款，木作平庸。據説爲清同治九年（公元一八七〇年）鎸刻。

【註释】

真君 道家稱修仙得道的人。崇寧三年（公元一一〇四年），宋徽宗趙佶封關羽爲『崇寧真君』。

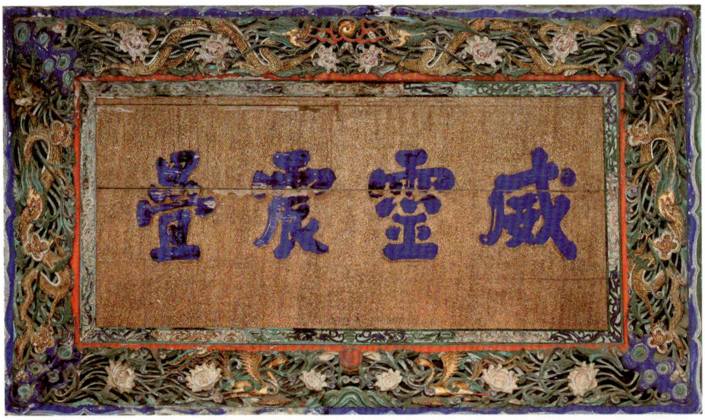

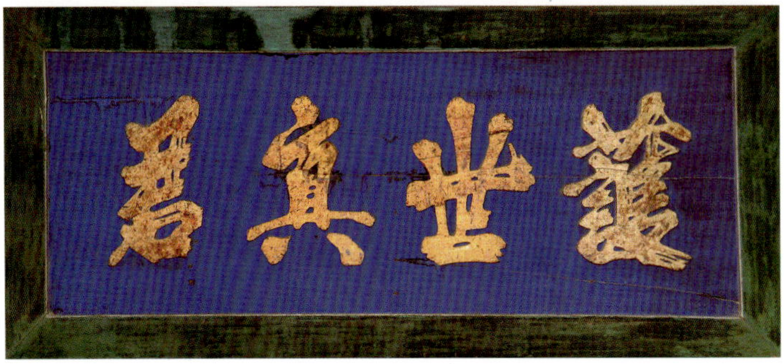

忠貫天人

【說明】

此匾懸春秋樓二樓神龕上方。木質，橫式。規格二五四×一二〇×五厘米。藍底金字。行書，字徑五一厘米。無年款。唯匾之上沿當心刻有『和碩果親王寶』朱印一方。

和碩果親王，即愛新覺羅·允禮，康熙第十七子，雍正之弟。善書畫。他曾親臨解州關廟謁拜關帝，並留有文辭佳章。《解州全志》『關帝廟』條就明確記述說：『雍正十二年（公元一七三四年）果親王謁廟，指寫聖像，敬留詩章聯額。』其中聖像見清乾隆版《解梁關帝志》，詩碑今存碑亭。碑爲螭首須彌座，通高三五三厘米，寬八四厘米，厚二三厘米。質地爲漢白玉。詩曰：『英風貫金石，壯節植綱常。廟食遍天下，神栖歸故鄉。平生一片心，皎如赤日光。當其忠義發，直欲凌太行。萬古春秋志，惟公升其堂。入廟瞻遺像，雲旆儼飛揚。』

至於親王所書的匾額，清嘉慶間地震，春秋樓受損，而牌匾幸存。時至清同治六年至八年（公元一八六七——一八六九年）春秋樓重建後，重懸於此。

允文允武　乃聖乃神

【説明】

此匾懸春秋樓二樓神龕內。木質，橫式。規格六七×四〇×二厘米。藍底金字。行書，字徑一二厘米。左上角鈐閑印一方。

匾右，另有一方與此同樣大小之匾，記述本匾來歷。云：『此吾鄉前輩諸生張樂亭先生書也。余自隆慶年間守先代仙方，精製五金靈砂丹，馳名海內。跟隨解會在（以下文字不知何因被挖）神福者，訖余身而六世。竊嘗有志懸牌寫作，殊未慊心。客歲因公寓同州府城，遊瞻各廟，見木匾八字，詞翰雙美，知爲前輩名書，五中感佩，如獲至寶，當即沐手摹刻，敬謹高懸，并跋其後。時宣統貳年（公元一九一〇年）秋九日，陝西韓城縣弟子五品銜侯銓州同吴

貴三敬書。丙辰四月清和』。下鈐朱文『吴貴三印』和白文『紹清』印各一枚。

【註释】

■**允文允武　乃聖乃神**　《尚書·大禹謨》作『乃聖乃神，乃武乃文』。允文允武，指文事和武功兼備。允，公平；得當；相稱。乃聖乃神，讚神靈聖明。乃，助詞，無義。古籍中常用以讚頌帝王。不少關廟楹聯中也嵌入此兩句，盛讚關公的儒雅氣度和崇高地位。如：

『乃聖乃神，乾坤正氣；允文允武，今古奇人。』（淮安關署內二帝祠）

『允文允武，兩間正氣；乃聖乃神，萬古中心。』（某關廟）

『乃聖乃神千古仰；允文允武萬民呼。』（臺灣屏東宣平宮）

『乃聖乃神，萬古英靈不爽；允文允武，千秋大義常昭。』（姚萬年題蘭州廣福寺）

『乃聖乃神德遍香江咸被澤；　允文允武恩敷粵海不揚波。』（香港文武廟）

『乃聖乃神乃武乃文，扶四百載承堯之運；自西自東自南自北，如七十子服孔之心。』（清·趙翼題北京前門關帝廟）

降福延年

【説明】

懸春秋樓二樓神龕内門楣。絲織品，横式。規格一四五×六五×一·五厘米。紅底金字。楷書，字徑一九厘米。上、下款題『民十五年（公元一九二六年）西安圍困數月，人無生氣。鑑祥與五弟皆以業商，均在其内。二老在家憂念萬狀，亦屬無可如何。祥於七月念中授號命乘間出圍，卒幸平安渡河抵解，得瞻神靈。跪拜之餘，默祝福佑，虔祈二老益壽。今九載矣，父年七旬，母年六旬有七，均慶康健。夫非神恩之普護歟？！無以銘之，特製錦額，以感不忘云。郇陽王合順堂弟子敬叩。中華民國二十四年（公元一九三五年）孟春上浣穀旦』。

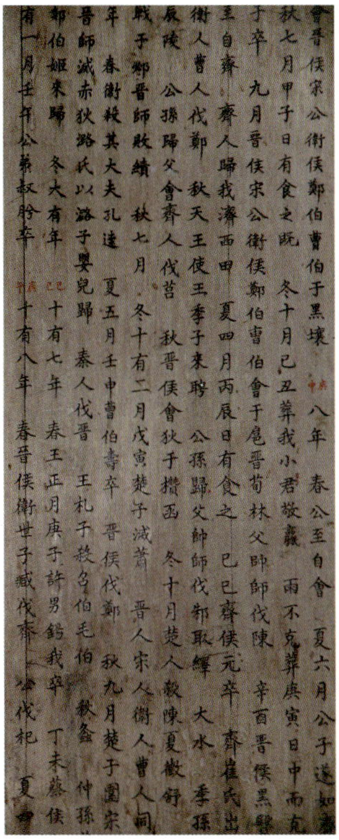

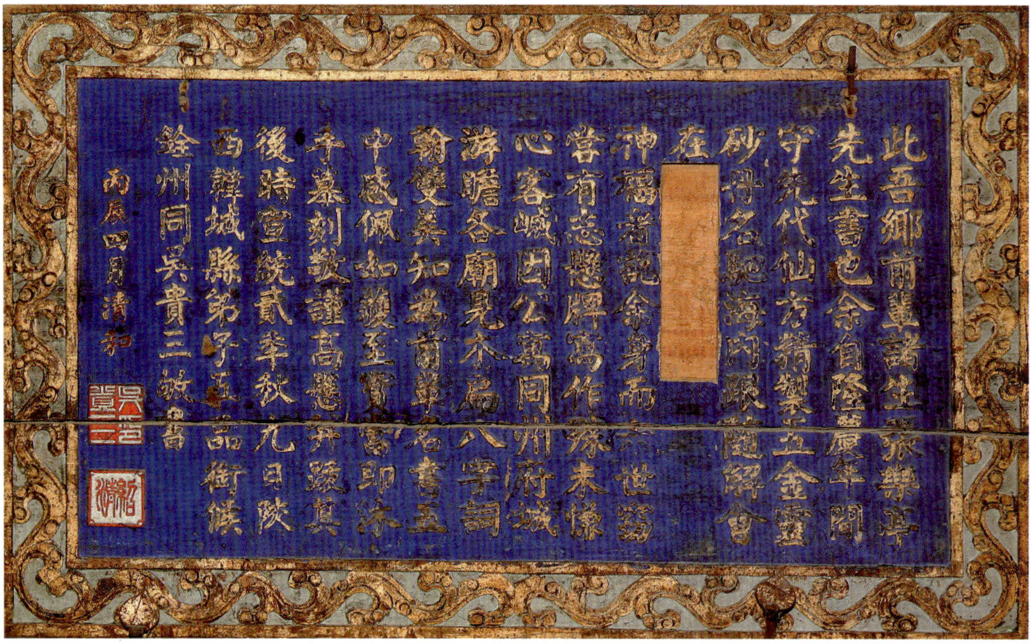

義氣千秋

【說明】

此匾懸春秋樓二樓西次間南廊下。木質，橫式。規格一六一×八五×五厘米。紅底金字。楷書，字徑三三厘米。上、下款題：『中華民國三十四年（公元一九四五年）正月穀旦獻。協記號景雲升敬叩』。

義氣冲天

【說明】

此匾懸春秋樓二樓明間南廊下。木質，橫式。規格一四〇×七二×五厘米。金底藍字。行楷，字徑二三厘米。書法平庸無神。上、下款題：『中華民國叁拾年（公元一九四一年）九月十三吉日立。河南省懷慶府清化縣信士王明□、山東省曹州府邦城縣信士張□□叩』。

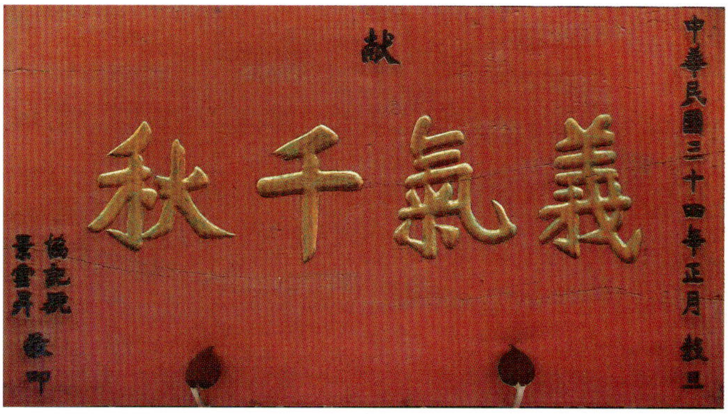

漢精忠

【說明】

此匾懸春秋樓二樓神龕後室龕楣上。木質，横式。規格六七×三七×二·五厘米。黑底金字。楷書。風格清秀。字徑一七厘米。上、下款題『民國十一年（公元一九二二年）吉日。晉稷弟子楊林秀叩』。

【註释】

漢精忠 意思是最爲忠誠蜀漢的臣子。在今丹江口市均縣山陝會館大門石額上，就題刻有『漢精忠』三個大字（陝西朝邑韓廣居書）。古代關廟楹聯中嵌有此三字者也不少。如：

『大義秉春秋，輔漢精忠懸日月；威靈存宇宙，干霄正氣壯山河。』（湖南省湘潭關帝殿）

『學有淵源，從宣聖書，獨得尊王大義；心存正統，非晦翁鑒，誰知翼漢精忠。』（晉祠）

『鎮南護寶島輔漢精忠垂史冊；宮裏擁蓬萊保民義氣貫乾坤。』（臺灣某關廟）

聖德服中外大節共山河不變

英名振古今精忠同日月常明

【説明】

此聯懸掛於春秋樓一樓明間南廊下。木質。規格三〇〇×三二×四厘米。紅底金字。行書，字徑二三厘米。上款題『民國元年（公元一九一一年）四月重修。原聯有滿文刪去』，下聯署『洪洞翁廣居題』。翁廣居，清末民初山西洪洞人，事迹不詳。

此聯歌頌關羽的『德』、『名』、『節』、『忠』。用語質樸，不刻意修飾，讓人明白易懂，但不失精練工整。

【註释】

■ **服** 順服。這裏作動詞用，意思是『使……服』。

■ **大節** 關係存亡安危的大事。《論語·泰伯》：『臨大節而不可奪也。』後謂臨難不苟的節操爲大節。如：大節凜然。

■ **共** 同，一樣。

■ **振** 通『震』。

北斗在當頭簾箔開時應挂斗
南山來對面春秋閱罷且看山

【說明】

此聯題寫於春秋樓二樓西壁，中堂爲彩繪松、獅圖。質地爲白灰。尺寸三四〇×四二厘米。白底黑字。行書，字徑一五厘米。無款識。

這是一副構思別致、用語明新、特寫關公夜讀《春秋》的對聯。雖在寫景，却又寓情，情景相匯，水乳交融。既給人勾勒出一副静謐、閑雅的詩意畫境，又將作者所要表達的胸臆抒發得如月色瀉地，盡致淋漓。

【註释】

北斗　即北斗七星。在北天排列成斗形的七顆亮星。

簾箔　用竹或葦子或秫秸織成的簾子。

南山　即中條山。在山西省西南部。東北-西南走向。長約一六〇公里，寬一〇——一五公里。廟在山北，山在廟南，故稱。

聖德與天齊真不愧協天兩字

崇基從地起也須知拔地千尋

【説明】

此聯題寫於春秋樓二樓東壁。中堂爲彩繪松、虎圖。質地爲白灰。尺寸三四〇×三八厘米。白底黑字。行書，字徑一六厘米。無款識。

從字面看去，上聯頌人，下聯讚物，但下聯中又似乎借物（春秋樓）盛讚關公品節聖潔，德高蓋世之意。『天』、『地』二字的復用，也恰倒好處，絲毫不顯得煩冗。

【註釋】

聖 封建時代對帝王的諛稱。關羽被追封爲帝，故稱。

齊 同；并。

崇 高。

尋 古長度單位。八尺爲一尋。千尋：極言其高。

青燈觀青史着眼在春秋二字

赤面表赤心滿腔存漢鼎三分

【說明】

此聯懸掛於春秋樓二樓神龕内門兩側。木質。規格一八七×一八×二厘米。黑底金字。行楷，字徑一〇厘米。上款題『（清）道光十五年（公元一八三五年）歲次蒲月穀旦』，下款署『安邑趙占魁、周中規、周中矩』。安邑，今山西運城市鹽湖區安邑鎮。作者生平不詳。

聯語簡潔地概括和歌頌了關羽的思想基礎與精神實質。

【註释】

青燈：指油燈。其光青瑩，故名。

青史：古代在竹簡上記事，因稱史書爲『青史』。此處指人們常說的《春秋》。

春秋：《史記·太史公自序》：『春秋者，禮義之大宗也』。故聯語裏的『春秋』不是指《春秋》一書，應該是指此處所說的『禮義』。也有解釋說，『春秋』有褒貶之意。

赤　不僅指『紅色』，也用以比喻『忠誠』。

英雄割據雖已矣
焄蒿悽愴或見之

【說明】

此聯懸春秋樓二樓明間南廊下。木質。規格一二三×三〇×一二厘米。紅底黑字。隸書。結體自由而不失法度。字徑一三厘米。上款題『民國己未（公元一九一九年）中秋集句』，下款題『邑人王寅敬書』。書者生平不詳。

這是一副集句聯。大意謂：大江東去，物換星移，三國時代那種英雄豪傑紛爭天下的局面雖然煙逝雲去，視之而不見，聽之而不聞，然而，他們的精魂神氣，猶浮現在世間，使人動魄，不免生出一種悲涼的情緒。此聯在字面上對當時的人物並無明顯的褒貶，但事實上仍不乏對關羽的悼念和讚美。

【註释】

英雄割據雖已矣　語出杜甫《丹青引贈曹霸將軍》詩：『英雄割據雖已矣，文彩風流今尚存』。英雄：楹聯中指三國時的傑出人物。《三國志·蜀志·先主傳》：『是時，曹公從容謂先主（劉備）曰：「今天下英雄，惟使君與操耳。」』割據：以武力佔據部分地區，在一個國內形成對抗局面。聯中指魏、蜀、吳三國鼎立的局面。已矣：已，停止。矣，表示已然。

焄蒿悽愴或見之　蘇軾《潮州韓文公廟碑》：『軾曰：「不然。公之神在天下者，如水之在地中，無所往而不在也。而潮人獨信之深，思之至，焄蒿凄愴，若或見之。譬如鑿井得泉，而曰水專在是，豈理也哉？」』《禮記·祭儀》謂：『此百物之精，神之助也。』鄭玄註：『君（音xūn），謂香臭也；蒿，謂氣蒸出貌也』。孫希旦謂：『焄蒿，謂其香臭之發越也』。凄愴，使人慘慄感傷之意。見：應讀爲xiàn，通『現』。顯現，出現。

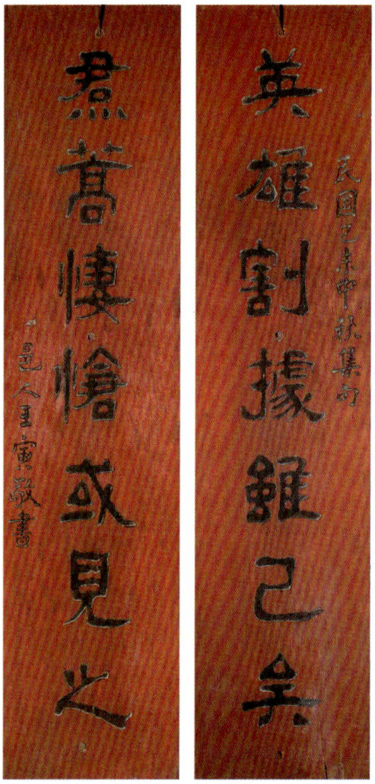

常平祖祠匾聯

關帝廟

【說明】

此匾懸祖祠大門明間門楣。木質，橫式。規格二五〇×一二〇×一〇厘米。黑地金字。行書。用筆方正，結體險峻，綫條老辣，氣度博大。字經二八厘米。無上款，下款署『姚奠中』，鈐朱文名印一方。係一九九八年正式對外開放時所製。

大門面闊三間，進深二椽，懸山頂。

關王故里

【説明】

石坊題額。青石質，橫式。規格二二〇×三三×一三厘米。黑字，楷書，字徑二八厘米。上款題『嘉靖二年（公元一五二三年）七月吉日』，下款署『巡按監察御史王秀立』。

石坊立於明正德年間（公元一五〇六——一五二一年），四柱三間，無臺基，各柱下端平盤石上雕覆盆式柱頂石。柱身平面八角形，明間兩柱剔地凸起雕蟠龍各一。柱上架石雕大額坊，無斗栱及花飾。素而不俗，簡而不陋，無華美之感，饒樸素之趣。

秀毓條山

【説明】

爲祠前西側木牌坊明間迎風板題刻。木質，橫式。長三九六、高一九〇厘米。紅地黑字。行書，字徑五五厘米。

木坊建於清雍正八年（公元一七三〇年），清嘉慶二十年（公元一八一五年）地震受損後於二十三年（公元一八一八年）重葺。四柱三樓，廡殿式瓦頂。穩健古樸。

【註释】

毓　孕育；産生。《國語·晉語四》：『黷則生怨，怨亂毓災。』

條山　即中條山。位於山西省西南部，橫亘黃河北岸，東北—西南走向，東連太行，西接華山，故名。長約一七〇公里。關公故里即在山之北。

秀毓條山木坊

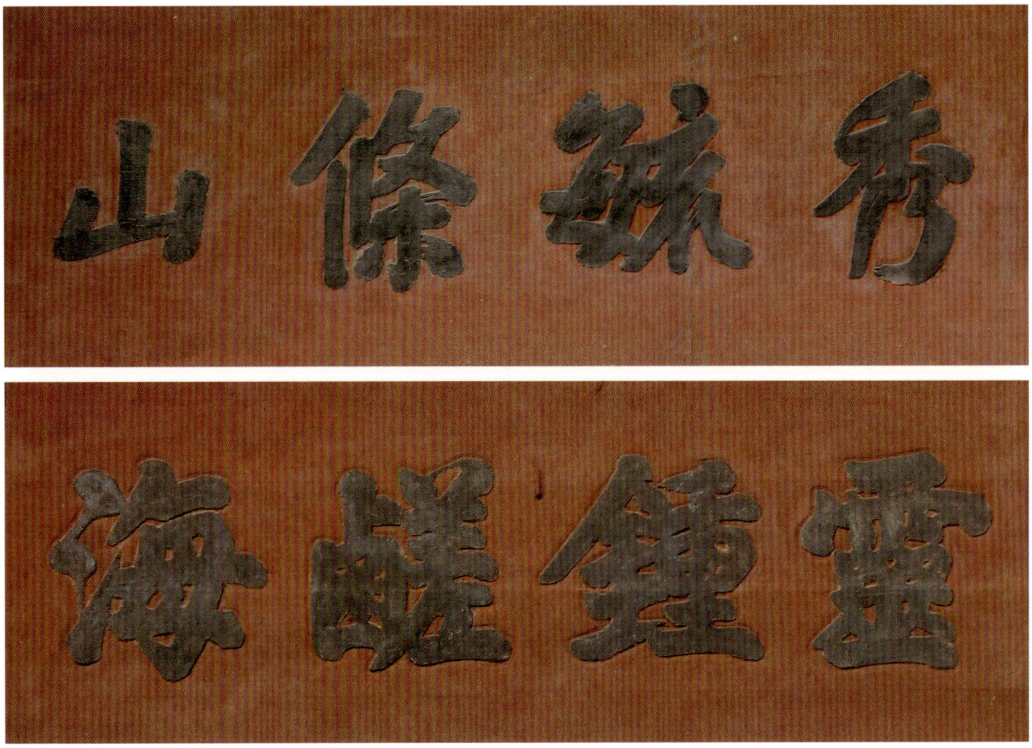

靈鍾鹺海

【説明】

爲祠前東側木牌坊明間迎風板題刻。木質，横式。長三九六、高一九〇厘米。紅地黑字。行書，字徑五五厘米。

建築年代及形制同『秀毓條山』坊。兩坊上題刻的内容均與常平的地形地貌、自然風光有關。鹺海在廟後，條山在廟前。既點明了關公故里和祖祠的地理環境，又借以讚頌當地的秀美風光和歷史人物。一語雙關，巧妙自然。

【註释】

鹺海 即河東鹽池，又名解池，地處山西運城盆地之南，中條山北麓，自東北向西南延伸，長約三〇公里，寬三—五公里，面積一三〇平方公里，形成於新生代第四紀初。關公故里就在池之南。

鼓樓

【説明】

此牌爲鼓樓樓額。木質，横式。規格一二七×七二×五厘米。白地黑字。正書，字徑三八厘米。上款題『嘉慶庚辰（二十五年，公元一八二〇年）仲秋』，下款署『郡人王應楷敬書』。現存廟内未掛。

鼓樓，下層磚砌臺基墩，前後設券洞（不可通行，只是規制而已）。臺墩上建樓一間，四角立柱，三面砌墻。歇山小頂。内置銅鐘。從建築風格、造型手法看，似爲民國年間之物。

正氣參天

【說明】

此匾懸山門門楣。木質，橫式。規格一九五×八七×六厘米。邊框雕飾描金雲龍圖案。黑底金字。楷書，字徑三九厘米。上款題『山西省關聖夫子千秋』，下款署『閩石獅市外高村弟子高永快敬』。

神盈宇宙

【說明】

題於儀門明間中柱上方門楣。橫式。規格三一五×一四〇厘米。黑地綠字。楷書，字徑六〇厘米。無款識。據資料，原上款爲『乾隆六年辛酉（公元一七四一年）□月』；下款不詳。

儀門，取『有儀可象』之意。也稱二門，面寬三間，進深二椽，懸山頂。清代重修。

【註释】

盈 充滿。《詩·周南·卷耳》：『采采卷耳，不盈頃筐。』

宇宙 天地萬物的總稱。《淮南子·齊俗訓》：『往古來今謂之宙，四方上下謂之宇。』

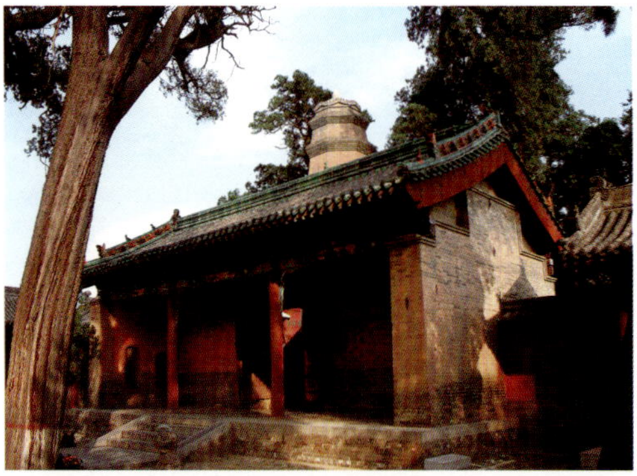

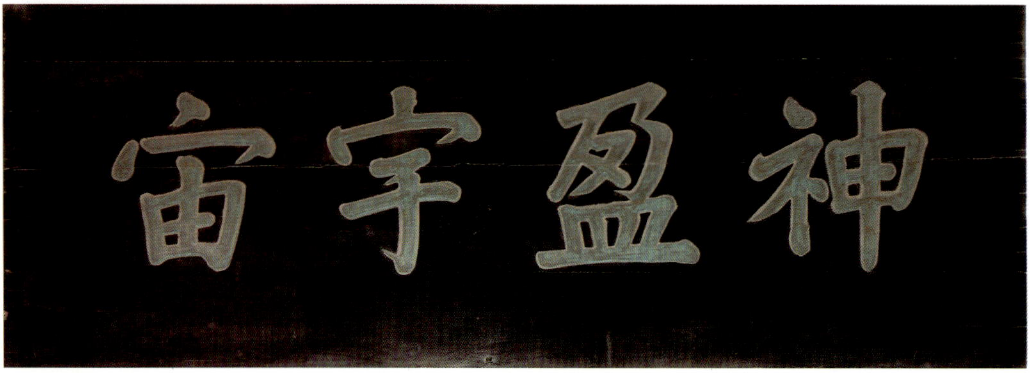

功德無量

【說明】

此匾懸儀門前檐明間。木質，横式。規格八八×六〇×三厘米。黑底紅字。楷書，字徑一六厘米。款題『頌關羽大帝。乙亥年（公元一九九五年）仲春屈啓曉』。

【註釋】

功德無量　用以稱頌人的功勞、恩德或做大有益於別人的事情。《漢書·丙吉傳》：『所以擁全神靈，成育聖躬，功德已無量矣。』功德，指功業與德行。《禮·王制》：『有功德於民者，加地進律。』無量，無邊；無法計算。《左傳》昭十九：『今宮室無量，民人日駭，勞罷死轉，忘寢於食，非撫之也。』

功德無量在佛教中指念佛、誦經、布施諸事。功德，佛教指功能福德之意，亦指行善所獲之果報。是修行念佛，布施行善等所獲得的果報。

《大乘義章》卷九二：『功謂功能，善有資潤福利之功，故名爲功。此功是其善行家德，名爲功德。』據資料，我們所說的『功德無量』，就是引用佛教中的『功德』二字，用以表示一個人之立功行善，予人諸多恩惠德澤。

神威顯赫

【說明】

此匾懸儀門内明間雙步梁。木質，横式。規格一八〇×七〇×四厘米。黑底金字。行書，字徑二八厘米。上款題『關聖帝君祖廟惠存』，下款署『臺灣省臺中市南屯區玉德宮副主任委員張秋得、委員王慶豐、王鴻儒敬獻。歲次乙亥年（公元一九九五年）五月八日』。

【註釋】

顯赫　形容聲名昭著。

中條發跡

【說明】

此匾懸儀門内明間雙步梁。木質，横式。規格一九〇×七八×三厘米。黑底金字。行書，字徑四〇厘米。上款題『丙子年（公元一九九六年）梅月吉旦』，下款署『福建泉州洪瀨衆弟子敬』。

【註释】

發迹　舊謂人由隱微而得志通顯。《史記·太史公自序》：『秦失其政，而陳涉發迹。』《晉書·石勒載記》：『〔劉琨〕遺勒書曰：「將軍發迹河朔，席卷兖豫」』。

義拯黎庶

【說明】

此匾懸儀門内後檐明間。木質，横式。規格二〇〇×一一八×五厘米。周邊雕刻有行龍、花卉紋飾圖案。黑底黄字。楷書，字徑三八厘米。上款題『歲次丁丑（公元一九九七年）桂月上浣敬獻』，下款署『芮城韓明頭、任博雲謹叩』。

【註释】

黎庶　民衆。《韓詩外傳》八：『黎庶歡樂，衍盈方外。』

浩然正氣

【説明】

此匾懸獻殿明間檐下。花梨木，横式。規格二五五×七三×五厘米。兩邊框作柱形，刻雲龍；上下分别刻行雲、海水。紅地金字。楷書，字徑三五厘米。上款題『歲次癸未年（公元二〇〇三年）榴月常平關帝廟惠存』，下款署『天津馬樹君敬。古絳州王陸書』。

武廟淵源

【説明】

此匾懸獻殿内前屋檐。木質，横式。規格三三〇×七二×六厘米。上邊框沿附加鏤空雕『二龍戲珠』。紅底金字。字徑三四厘米。上款題『二〇〇一年十月十八日。解州關帝廟謁祖紀念』，下款爲署名，同前解州祖廟雉門『武廟之祖』匾。

【註释】

淵源　指事物的本源。

崇寧殿

【說明】

此匾懸崇寧殿明間前檐。木質，橫式。規格二五〇×一二〇×一〇厘米。黑底金字。篆書，字徑六三厘米。下款署：『趙望進』，鈐方形白文名印一枚。

趙望進，筆名素石。一九四〇年出生於山西省臨猗縣。歷任中共太原市委宣傳部副部長、太原市政協常委、太原市書協主席、山西省文聯副主席、山西省書協主席等職。書法創作兼擅諸體，以隸、草見長。

崇寧殿，創建年代不詳。現建築爲清同治九年（公元一八七〇年）重修。面寬五間，進深六間，重檐歇山屋頂。四周回廊。殿内神龕裝飾富麗。龕内彩塑關公帝裝像。像高二一五五厘米。周身貼金。隆准龍顔，蠶眉鳳眼。面相肅穆，神態凝重，目光炯炯。頭戴冕旒，脚登雲頭履，腰擊玉帶於腹前打結，雙足下垂，雙手捧笏，正襟危坐，氣度非凡。龕前分列二侍臣王甫、趙纍站像，姿態自如，頗富神韻。

紫霧盤旋劍影斜飛江海震
紅霞繚繞刀芒高插斗牛清

【說明】

此聯懸掛於崇寧殿神龕兩側。木質。規格一八三×一五×一五厘米。聯板的天、地部分分別附加雕飾綠荷葉、紅荷花。白底藍字。楷書，字徑一五厘米。無款識。

從表面上看，作者似乎是用極富文學色彩的語言，繪聲繪色、生動形象地描繪和渲染神明境界的縹緲和不凡。事實上，作者是由殿内這紫香飄拂、紅燭摇曳的静謐景象，自然而然地升騰一種飛動的思緒，或者説産生一種宏闊的聯想，進而巧妙地將關公生前揮刀躍馬、馳騁疆場、英勇奮戰、威震乾坤的壯闊畫面，和關公歿後英靈常昭、伏魔蕩寇、持危扶顛、蔭庇蒼生的靈異現象，猶如電影一樣一幕幕幻化在人們的眼前。使人不禁感受身同，遐思紛紛，浮想聯翩。作者可謂窮盡想像，極盡筆力，用以盛贊關公的動地英武與撼天神威。

此聯構思奇特，想像豐富，出語驚人。由『氛圍之静』，而生『思緒之動』；由『情景之實』，而升『聯想之虛』；借『神俠之詞』，而讚『乾坤之威』。用语力避直白，不落窠臼。

關廟遍四海，楹聯有萬千。如果説，于右任先生所題的『忠義二字團結了中華兒女，春秋一書代表着民族精神』，是現代人所撰關廟楹聯中立意最高、概括力最强、意義最爲深遠的一聯，而此聯的構思之巧、文辭之佳、意象之美，也爲古代關廟楹聯中極少見。

【註释】

紫霧盤旋、紅霞繚繞 描摹神龕前焚香、燃燭之實狀。二者在古今神話小説故事中多見連用。盤旋，回旋周轉。繚繞，回環旋轉。

劍影斜飛江海震、刀芒高插斗牛清 借以形容和渲染關公之神勇。『劍影斜飛』多見於武俠小説描寫。震，震動。刀芒，刀的鋒芒或光芒。斗牛，二十八宿中的斗宿和牛宿。清，清平；不亂。

聖祖殿

【說明】

此匾懸聖祖殿明間門楣。木質，橫式。規格二五〇×一二〇×一〇厘米。黑底金字。行書，字徑六〇厘米。下款署：『文達書』，并鈐方形朱文名印一枚。

文達，即已故著名書法家許文達先生。曾任山西省博物館館長、山西省文化局副局長等職。書學傅山（公元一六〇六——一六八四年）。用筆流暢，字體優美，章法嚴謹。傅山，初名鼎臣，原字青竹，後改名爲山，字青主，一字仁仲，別字公之佗，號朱衣道人。其書法博採諸家之長熔於一爐，真、草、隸、篆、行各體無所不精。

聖祖殿，是奉祀關公先祖之所。在娘娘殿之後，爲天下所有關廟中獨一無二之建築。建於清乾隆二十八年（公元一七六二年）。面寬三間，進深三椽，懸山式屋頂。殿内塑有關公始祖關龍逄；曾祖、祖、父及其三代夫人像。手法簡潔，概括力强。

詒謀繩武

【說明】

此匾懸聖祖殿神龕上方。木質，橫式。規格二一〇×一一〇×四厘米。黑底金字。行書，字徑三五厘米。上款題『嘉慶丁巳（公元一七九七年）九月』，第一、二字間鈐豎式長方閑印一方，下款署『州牧胡龍光敬書』，下鈐朱文和白文印各一枚。

【註釋】s

■**詒謀**　出自《詩經·大雅·文王有聲》：『詒厥孫謀，以燕翼子。』詩意是：周武王留下了遠大的謀猷，用來安定保護他的子孫。詒：傳給；遺留。謀：計謀；策劃。

■**繩武**　出自《詩經·大雅·下武》：『昭茲來許，繩其祖武。』繩：繼續；武：足迹。意思是踏着祖先的足迹繼續前進。比喻繼承祖業。

古有聯曰：繩武光前烈，詒謀奕世亨。

關聖始祖夏大夫忠諫公之神位

【說明】

此牌置於聖祖殿神龕內關龍逄塑像前。木質，斗形。高一二七、寬四三厘米。底座長五八、寬一八、高一〇厘米。金字，石綠地。楷書。字經七厘米。年代不詳。

始祖夏大夫忠諫公，即夏代末年忠臣關龍逄（音páng）。因不滿夏桀暴行極力進諫，被炮烙而死。清乾隆二十一年（公元一七五六年）刊印的《解梁關帝志·譜系考辨》云：『關氏之先，出夏大夫關龍逄。一云關令尹喜之後也。』據《中國人名大辭典》關龍逄條記載：『桀爲長夜之飲，龍逄常引黃圖以諫，立而不去。桀曰：「子又妖言矣。」於是焚黃圖，殺龍逄。』歷史文獻上有關他的記述還有：

《莊子·人世間》：『昔者桀殺關龍逄。』

殿内的關龍逄塑像，高二二〇厘米，垂足坐式。頭梳高髻，金環緊束，肩着雲帔，項帶玉佩，身穿圓領長裳，足踏雲頭履，捧笏而坐。此像面相長圓，面色如鐵，額微凸，高顴骨，深眼窩，三縷長髯拂於胸前。藝術造型和神韻達到奇古逼真、超凡脱俗之境地。

《韓詩外傳》：『桀爲酒池，可以運舟，糟丘足以望十里而牛飲者三千人。關龍逄進諫，立而不去朝，桀因而殺之。』

《玉函山房輯佚書·符子》：『桀觀炮烙之刑於瑶臺，龍逄諫之，桀遂以炮烙殺龍逄。』

《潛夫論》：『祝融子孫分爲八姓，已姓之嗣硨叔安，其裔子曰董父，實甚好龍，乃學攏龍以事帝舜，賜姓曰董氏，曰豢龍……。豢龍逄以忠諫，桀殺之』。

若關公真爲龍逄後代，當出於董氏。牌位上所書『忠諫公』，並非皇家贈謚號，所據可能即是《潛夫論》。

敕封關聖

曾祖父光昭公　祖父裕昌公　父成忠公

之神位

【説明】

此牌置於聖祖殿東次間神龕内關公三代先祖塑像前。木質，斗形。高一一二、寬三〇厘米。底座長四〇、寬一九、高六厘米。藍地金字。楷書，字徑七厘米。年代不詳。據稱謂，可能爲清代之物。

關公三祖像皆爲垂足坐式。頭戴梁冠，項擊玉環金華，分別身着青、紅、緑三色圓領長袍，脚踏雲頭履，横向而坐。中爲光昭公，高二〇五厘米；東爲裕昌公，高二〇〇厘米；西爲成忠公，高二〇〇厘米。各像面相奇古，神情肅然，富有陽剛之氣。

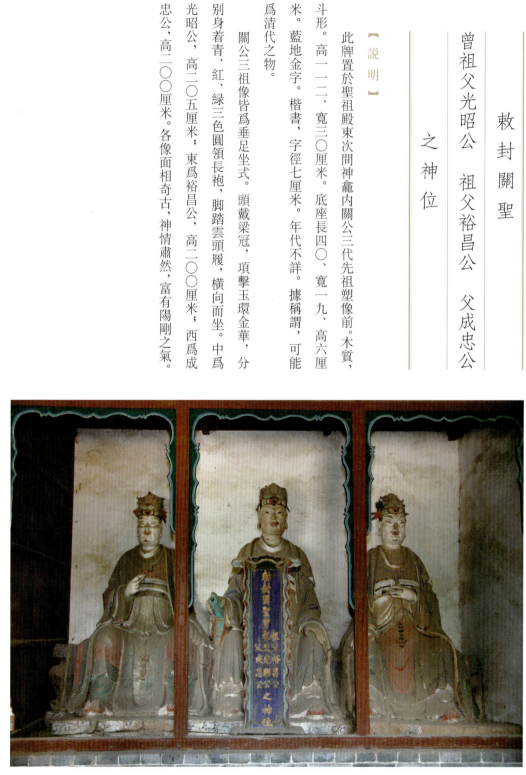

石磐道院

【説明】

此牌懸中條山祖塋門楣。木質，橫式。規格爲一七〇×九二×四・五厘米。藍地金字。楷書。上款爲『旹癸未年春』，下款署『黃有泉題』。

據清解州守朱旦作《關侯祖墓碑記》載：關羽祖父名關審，雅號『石磐公』。當他看到漢朝政權岌岌可危，遂隱遁山林，以《春秋》、《易經》訓子，六十八歲時卒，葬於中條山腹地，並立有『漢壽亭侯關公祖考石磐公之墓』石碑一通，今墓、碑仍存。關羽祖考是否真實可信，研究者多有不同看法。但其葬地所在的這條山谷被當地稱作『石磐溝』。這裏山清水秀，風景極佳。

黃有泉，原運城市委書記，現運城市人大主任。

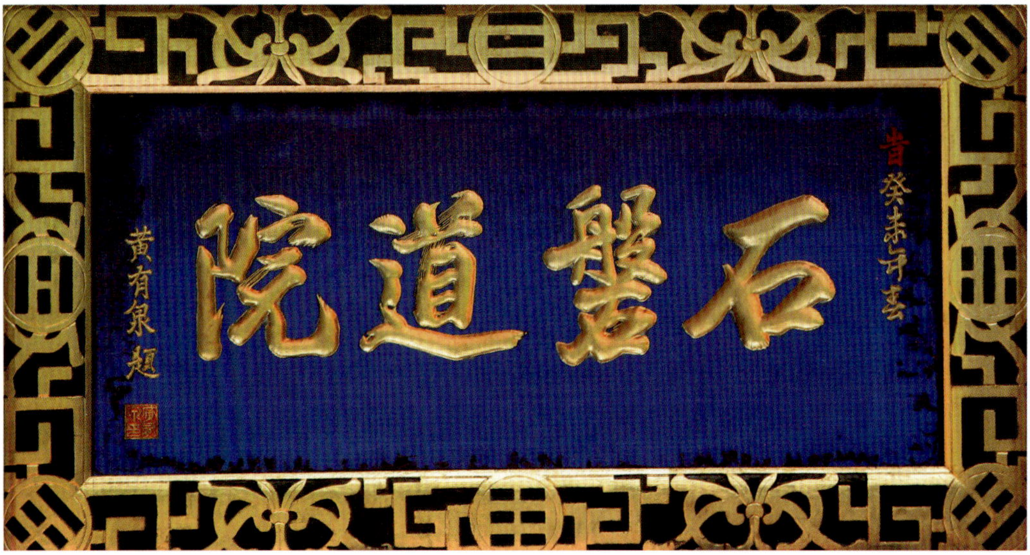

散佚『聯額』

五夜何人能秉燭

九州無處不焚香

【說明】

原在解州廟，明萬曆四十二年神宗朱翊鈞御製。或說爲北京地安門關廟聯。或說當陽關陵亦有此聯，且註明爲宋端宗趙昰所作。此人在位僅二年半（公元一二七六——一二七八年），死後一年而宋亡。如果此說無誤，那麽，在有宋一代聯語尚不風行的情況下，皇帝能爲關公獻聯，確屬罕見。

【註释】

五夜　即五更。古人把一夜分成五個階段。李善註引衛宏《漢舊儀》：『中黄門持五夜，甲夜、乙夜、丙夜、丁夜、戊夜也。』

秉燭　指關公『秉燭達旦』夜讀《春秋》故事。

九州　中國的代稱。古代曾把中國分九個州。

焚香　喻祭祀。

爐化萬錢悲漢鼎

花開三月想桃園

【說明】

原在解州廟結義園。据說當陽關陵也有相似一聯，只是上聯略有不同，謂：『江梟餘煙悲漢鼎。』有人認爲，此聯『前四字較有畫意，格調高於「爐化萬錢」』。不過，要從對仗上講，它應該不如解州廟聯。當陽聯是否由此聯而化，也或有可能。因爲，就全國乃至世界關廟而言，關公故里——

解州不僅廟宇最大、規格最高，而且形制、布局獨特，唯只這裏設有『結義園』。至於『娘娘殿』、『太子殿』、『三祖殿』等，各地更没有。

【註釋】

爐 指香爐。

錢 爲舊時祭祀燒化用的紙錢。

桃園 指劉、關、張桃園三結義故事。

才兼文武義重君臣
恥於漢賊同天戮力遠開新帝業

威震華夏氣吞吴魏
能使奸雄破膽忠魂常繞舊神州

【說明】

原在解州廟，明郎中任瀚作。

任瀚（公元一五〇一——一五九三年），字少海，號忠齋，四川南充人。嘉靖八年（公元一五二九年）進士，官翰林院檢討。與毗陵唐順之、慈溪陳束、晉江王慎中、平凉趙時春、富順熊過、章丘李開先、丹徒吕高，并稱『嘉靖八才子』。又與新都楊慎、富順熊過、內江趙貞吉、合稱『蜀中四大家』。爲人正直，爲官清廉。詩文俱佳，尤擅長聯。著有《春坊集》、《釣臺集》等。

【註釋】

漢賊 指曹操。

同天 即在同一青天之下。

戮力 努力；盡力。戮，音lù。

新帝業 即劉備政權。

華 古代漢族自稱華夏，我國因稱『中華』，省稱『華』。夷：古代泛指中原地區以外的四方其他兄弟民族。

神州 中國。

華夏震明威此地自應崇俎豆
明星炳大義當年不愧讀春秋

【說明】

原在解州廟，清和碩果親王作。

【註释】

明　用於對人的尊稱。如『明公』。

俎豆　俎和豆均爲古代祭祀用的器具。引申爲祭祀、崇奉之意。

先武穆而神大宋千古大漢千古
後宣尼而聖山東一人山西一人

【說明】

原在解州廟，元柯九思作。或說舊平陽府關廟和現當陽關陵也有。

柯九思（一三一二——一三六五年）一作（一二九〇——一三四三年），元代著名書畫家。字敬仲，號丹丘生，五雲閣吏，臺州（今浙江臨海）人。文宗時官至奎章閣特授學士院鑒書博士。博學能文，善寫墨竹，師文湖州。長於畫山水、人物、花卉；槎芽竹石，師蘇東坡。畫大樹枝幹，皆以一筆塗抹，不見有痕迹，形神俱備。其蒼松翠柏，林木煙梢，古氣磅礴，別有淡逸之趣。凡内府所藏法書名畫，皆由鑒定，又善鑒識金石。作品留傳至今的有《竹石圖》等。

【註释】

武穆　南宋抗金名將岳飛。淳熙五年（公元一一七八年）被追謚爲『武穆』。故又稱『岳武穆』。

宣尼　指孔子。孔子，名丘，字仲尼。唐玄宗開元二十七年（公元七三九年）封孔子爲文宣王，因稱孔廟爲『文宣王廟』，明以後又簡稱爲『文廟』，主要是對『武廟（關帝廟或關帝、岳飛合祀廟）』而言。隨着歷代帝王的不斷褒封，孔子與關公并稱文武二聖。『宣尼』是對孔子的另一稱。

山東　孔子出生地。

山西　關公出生地。

前無古後無今繼闕里鍾靈大哉光漢家日月
畏其威懷其德自解梁毓秀巍乎壯故國山河

【説　明】

原在解州廟，清黄叔琬作。黄叔琬，順天大興人，康熙庚辰進士。曾任福建布政使等職。

【註　释】

闕里　孔子故里，在今山東曲阜城内。因有兩石闕，故名。孔子曾在此講學。後用作曲阜别稱。

鍾靈　靈氣所聚。鍾，匯聚。

畏其威懷其德　成語『畏威懷德』之意。即畏懼聲威，感念德惠。語出《國語·晉語八》：『民畏其威，而懷其德，莫能勿從。』

解梁　關公故里。

故國　祖國；故鄉。

溯三世以崇封苗裔永存義勇共山河爭重
垂千秋而禋祀鑒觀如在英靈與日月同光

【説　明】

原在解州廟，清解州巡察静海厲宗萬作。厲宗萬，字衣園，静海人。雍正元年（公元一七二三年）進士，官至刑部侍郎。

【註　释】

溯　逆流而上。引申爲追求根源。

三世以崇封　指關公三代被追封。清雍正三年（公元一七二五年）追封關帝曾祖爲光昭公，祖爲裕昌公，父爲成忠公。崇封，極高封謚。

苗裔　後代子孫。

義勇　見義勇爲的精神。

禋祀　古代祭祀天神的一種禮儀，這裏泛指祭祀。

溯聖迹於鄉邦萬古常瞻廟貌

植人綱在宇宙歷朝咸仰忠心

【説明】

原在解州廟，清甘國奎作。作者生平事迹未能盡詳。僅知自稱『野鶴』，雍正間曾任浙江巡撫。

【註釋】

鄉邦 家鄉。

廟貌 《詩·周頌·清廟序》鄭玄箋：『廟之言貌也，死者精神不可得而見，但以生時之居，立宮室像貌爲之耳』。因稱廟宇及神像爲『廟貌』。

人綱 指倫理綱常。綱，網繩。清和碩果親王詩碑有『英風貫金石，壯節植綱常』之贊。

咸 都。

仰 景仰。

喜遇風聖同鄉倘同朝
共相軒轅平蚩尤何愁妖霧

惜與桓侯俱死若俱生
留助諸葛削吳魏直掃殘雲

【説明】

原在解州廟，清解州知州江闓作。江闓字辰六，貴州人。據清乾隆版《解州全志》記載，於康熙三十年（公元一六九一年）以舉人知解州，政績頗著。祀名宦。此人與關公似乎很有緣。據清袁枚《子不語》卷十三『關神世法』載：『康熙癸卯舉人江闓，選某縣令，丁憂婦。將起復時，夢有甲士來，自稱周倉，服飾如今廟中所塑而少年無須，手持名帖，上寫「治年家弟關某頓首拜」。驚醒大笑，以爲關帝行此世法。未幾，選山西解梁知縣。往謁武廟，旁塑周倉，果少年無須者也，面貌恍如夢中。乃捐俸重修神廟，後竟卒於任所。江公即於九太守之叔，太守爲余言』。

【註释】

風聖　傳説中黄帝軒轅氏丞相，名后，指南車發明者，今解州社東人。《解州志》有載，但史書無考。今運城市芮城縣黄河岸邊有古渡曰『風陵渡』，歷來爲秦、晉、豫三省交通要衝，據傳説風后即葬於此，故名。

平蚩尤　即黄帝戰蚩尤故事。《解州志》記載和當地民間至今猶相傳，古時黄帝與蚩尤大戰就發生在這一帶。當時，蚩尤大作妖霧，黄帝憑借風后指南車衝出重圍，終將蚩尤斬首，於是蚩尤之血化爲鹵水，形成了如今具有數千年歷史的河東鹽池。因將蚩尤尸解，故有『解（州）』之稱。今鹽湖附近還有『蚩尤村』、『蚩尤冢』在。據專家們從多方面研究考證，當年這場戰爭原因和目的，其實就是先民們爲了爭奪人們賴以生存的食鹽資源即解池之鹽而發生，而這個美麗的傳説，只不過是人們對它的成因所賦予的一種朦朧的認識。

桓侯　即張飛。爲其死後兒皇帝劉禪所封贈。

生何地殁何方固無從考矣
夫盡忠子盡孝可謂不賢乎

【説明】

原在解州廟娘娘殿，清解州知州江槧作。此聯構思巧妙，出語自然。關公夫人，史籍不載。不過，據清代《漢前將軍壯繆侯關聖帝君祖墓碑銘》和解州當地民間傳説，此人姓胡，名金定，本州人氏。今常平祖祠娘娘殿有關夫人塑像，藝術極佳。

塑像爲帝後裝，依明萬曆四十二年（公元一六一四年）所封『九靈懿德武肅英皇後』塑造。像高二五〇厘米。垂足坐式。頭戴鳳冠，身著霞帔，脚穿紅色雲頭履，凝神端坐。面相端莊，臉龐圓潤，秀目澄澈，柳眉斜描，神態安詳。服飾艷而不浮，綫條流暢飄逸。既有唐塑餘韻，又兼宋塑風格，堪稱我國清代彩塑之絶佳精品。

【註释】

殁　音mò。死亡。

固　本來；誠然。

考　求證。

子　關平與關興。

位號尊榮身後生前

稱帝稱王稱侯英雄推古今獨步

綱常植立守經應變

盡忠盡孝盡義正氣與天地同流

【説明】

原在解州廟，清解州知州桂林人陳時作。作者生平事迹未能盡詳。據《解州全志》僅知：『陳時，字遜修，廣西臨桂縣舉人。康熙五十三年（公元一七一四年）任。修《州志》。』

【註释】

位號　爵位與封號。

尊榮　地位崇高和榮耀。

稱帝稱王稱侯　指關公歿後歷代帝王之追封。蜀後主劉禪於景耀三年（公元二六〇年）封其爲『壯繆侯』；宋真宗於大中祥符間始封其爲『王』，至明萬曆間又封其爲『帝』。

獨步　獨一無二，超衆出群。

守經　固守常法；堅持正道。

應變　適應時事變化；應付時態變化。

同流　一同流傳或傳布。

徹底一忠耿耿平生死不相背負

橫絶千古洋洋哉雲天常著英靈

【説明】

原在解州廟，户部主事楊廷瓓作。作者生平事迹未能盡詳。

【註释】

耿耿　忠誠貌。

背負　違背，負心。

洋洋　形容盛大、衆多。或美盛貌。

山東夫子山西夫子
瞻聖人之居條峰并泰岳同高

作者春秋述者春秋
立人倫之至涑水與洙泗共遠

【說明】

原在解州廟，清解州知州竟陵龔廷颺作。作者生平事迹未詳。

【註释】

山東夫子　即孔子。儒家尊稱其爲『文夫子』。

山西夫子　即關公。儒家尊稱其爲『武夫子』。

條峰　即山西西南部運城境内的中條山。

泰岳　即東岳泰山。在山東境内。

人倫　封建社會之人與人之間的關係和應當遵守的行爲準則。

涑水　河名，在山西西南部運城境内。源出絳縣，流經聞喜、夏縣、安邑而入蒲州。長約一七〇公里。爲季節性河流。

洙泗　山東兩河名。古時二水自今山東泗水縣北合流西下，至魯國首都曲阜北，又分爲二水，洙水在北，泗水在南，洙、泗之間，即孔子聚徒講學之所。後世因以『洙泗』代稱魯國的文化和孔子的『教澤』。

習左氏春秋學本家傳取義折衷平東魯
扶漢朝宗祀志存正統編年論定於紫陽

【說明】

原在解州廟，清解州知州孔傳忠作。據《解州全志》記載：『孔傳忠，浙江桐鄉進士。雍正三年（公元一七二五年）任。』

【註释】

左氏春秋　儒家經典之一，簡稱《左傳》。

家傳　家中時代相傳。

東魯　指孔子。

宗祀　宗廟與祭祀。這裏代指蜀漢。

紫陽　峰名，在安徽歙縣。宋代朱熹曾去紫陽書院講學，論史以蜀漢爲三國中正統繼承漢業者。

在天在地在人間到處顯英雄面目

護國護民護佛法此中通菩薩心腸

【說明】

原在解州廟，清關中人唐世臣作。作者生平事迹未詳。

【註釋】

護佛法 陳、隋之間，關公顯聖於當陽，釋門遂將其列爲護法伽藍。

燭影長懸周日月英風萬古須眉在

爐煙不散漢風雲故土千秋草木香

【說明】

原在解州廟，清副榜郡人馬允邵作。作者生平事迹未詳。

堪嘆奸雄想當年僭魏竊吴凄凄舊宅成荒草

何如忠義看此日封先蔭後赫赫休聲煥故鄉

【說明】

原在解州廟，清本郡舉人喬壽愷作。作者生平事迹不盡詳，《解州全志》載：『喬壽愷，字令德，甲戌明通，寧武縣教諭。』有《謁帝廟》詩云：『條峰毓秀古河東，絶類超群孰與同？心契麟經昭大義，志維漢鼎矢孤忠。明威遠鎮雲山外，靈爽常憑渤澥中。盛世追崇同闕里，至今千載仰雄風』。

【註釋】

僭魏竊吴 指曹操事。僭，音jiàn。超越身份，冒用在上者的職權行事。

凄凄 寒涼。凄愴。

封先蔭後 指關羽封贈事。

赫赫 顯赫盛大的樣子。

休聲 美好的名聲。

侯於漢王於宋帝於明
極人世尊榮總難酬滿腔忠義

蜀曰兄魏曰賊吴曰犬
即言下予奪已括盡一部春秋

【說明】

原在解州廟，清桑泉人謝子公作。作者生平事迹未詳。

【註释】

蜀曰兄魏曰賊吴曰犬 是説關羽視蜀爲兄（劉備）、視魏爲賊（曹操）、視吴爲犬（孫權）。

予奪 即給予和剥奪。

義折奸雄雙燭常明心日月
力存正統三巴猶是漢山河

【說明】

原在解州廟，清費炳炎作。作者生平事迹未詳。

【註释】

三巴 地名。東漢末益州牧劉璋分巴郡爲永寧、固陵、巴三郡，後又改巴、巴東、巴西三郡，稱爲三巴。相當於今四川嘉陵江和綦江流域以東大部。均爲蜀地，代指蜀漢。

一去故鄉何處不昭天目
常留生面於今猶見須眉

【說明】原在解州廟，清邵武推官馬淑援作。作者生平事迹未詳。《解州全志》録有其《謁常平廟》詩一首：『憶昔威儀整洛東，高光相望後先空。將軍虎踞雄江表，帝胄龍興跨漢中。湯沐漫言休故里，須眉如見動秋風。吞吳滅魏賫遺恨，鞠瘁還同諸葛公』。

君臣義揭日銘心千古閟宮光俎豆
華夏威如雷貫耳四時陰雨見旌旗

【說明】在春秋樓，明郎中李開芳作。作者生平事迹未詳。

【註释】

揭　高標。

閟宮　周人祖先帝嚳正妃後稷之母姜嫄母廟。後世泛指祠堂。閟，音bì。

旌旗　旗幟的通稱。

【見清乾隆本《解梁關帝志》】

熏風

【說明】懸結義園南隅小亭。

【註释】

熏風　東南風。《呂氏春秋·有始》：『東南曰熏風。』相傳舜作有歌唱山西運城鹽池和人民生活關係的民歌《南風歌》曰：『南風之薰兮，可以解吾民之慍兮；南風之時兮，可以阜吾民之財兮。』《唐詩紀事》卷四十記載，唐文宗曾吟道：『人皆苦炎熱，我愛夏日長。』柳公權接道：『熏風自南來，殿角生微涼』。白居易《首夏南池獨酌》也有『熏風自南來』。『熏風』和暖宜人，令人陶醉，在風水學上也是極好的。

教忠堂

【説明】

懸三義閣後一建築，傳關公『忠義』之道。

秉正 尊王

【説明】

懸蓮池左、右舟亭。

【註释】

秉正 持心公正。

尊王 尊崇王室。孔子是忠君尊王思想的倡導者、忠實的捍衛者和頑固的堅持者。春秋時周王室衰微，齊桓公、晋文公等相繼以『尊王』爲名，稱霸一時。

萬古綱常

【説明】

刻於明萬曆四十八年創建的原大廟之前的木牌坊。

【註释】

綱常 就是三綱五常，簡稱綱常。實質内容主要包含三方面，即：一、反映倫理關係的父爲子綱、夫爲妻綱；二、反映政治關係的君爲臣綱；三、概括社會基本道德觀念的仁、義、禮、智、信五常。

綱常是中國傳統社會政治生活的基本價值原則，它的實質是道德、倫理、政治的一體化。綱常產生於中國傳統宗法等級社會的歷史基礎之上，它和傳統社會的經濟、政治、文化生活是相適應的，對於當時社會政治的穩定有序，起到了積極的促進作用。適應與維護傳統政治的綱常也得到了歷代統治階層的大力提倡，並在政治、法律制度以及文教舉措中得到了充分的體現，使中國傳統政治呈現出濃厚的宗法倫理型特征。

義壯乾坤

【說明】

刻於廟前東側木坊，清光緒三年（公元一八七七年）毀於火災。

東華門　西華門

【說明】

分別爲二門之額牌，竪式。

二門位於廟内兩側廊廡腰間，門内恰是御書樓後檐與崇寧殿庭院。門廡隨環廊設置，是主廟同向東宫和西宫的畢經之地。肇建於明萬曆三十六年（公元一六〇八年）關公被封『協天大帝』之後。歷經幾度重修，現存爲清道光至同治間遺構。

東、西華門本爲皇帝宫城門額，非寺廟門廡之名。解州關廟雖爲廟宇，實則多倣宫廷形制，故列此二門。

【見柴澤俊著《解州關帝廟》二〇〇二年文物出版社出版】

後記

籌劃已久的《山西解州關帝祖廟楹聯牌匾》一書，經過心的孕育，筆的耕耘，汗的滋潤，終於隨着秋的韻律收獲豐實和芳菲。

這是有史以來第一部從楹聯、牌匾的角度，而且是以圖版的形式全面、系統反映祖廟、祖祠的文化圖書。收録了自清迄今現存和所知散佚聯匾共計一八〇餘副（方），其中現存楹聯九副，牌匾一四四方。雖然由於歷史的原因，它的存量還不太豐富，與祖廟、祖祠的地位及名望還不太相稱，但其中所蘊藏的歷史餘韻和文化涵養，也至少可以讓我們去聆聽、去品味、去享受。

當果實掛滿眼簾、收獲即將登場、喜悦浸滿身心的時候，我們不會忘記耕耘中那份爲人可想的苦辛、但又不爲盡人所能體味的樂趣，也不會忘記，我們的這份果實於豐稔中那些爲它增强品質與色澤而提供的各種『滋養』。從去年仲春開始資料收集到今歲深秋書稿完成，我們從中得到的，不啻是文事的歷練，知識的獲得，自身的滋養，更是再次深深地體會到了歷史的厚重與文化的分量，懂得了對傳統文化藝術的珍視與欣賞。

由衷地感謝著名古建築專家柴澤俊先生，從他的《解州關帝廟》一書中，我們不僅更加準確地把握了祖廟、祖祠的歷史沿革、建築形制等，而且得到了不少祖廟散佚楹聯、牌匾的資料信息。尤其是先生還於百忙之中欣然應請爲本書賜序。感謝祖廟文管所老所長張潔嚴先生，在她主持工作期間，安排了喬金鹿、韓秋霞等業務骨幹，對原有聯、匾作了登録，爲本書提供了基礎資料。感謝中國書法家協會會員、山西省書協理事、運城市書協副主席趙玉漢先生，爲本書的匾、聯書法賞析逐一作了審核或訂正。感謝何秀蘭、王興中、衛建斌、傅文元、賈德璋、李甲寅以及馬光學、韓秋霞、姬芳霞、王關吉等諸位同仁，爲本書的編寫給予了大力協助和支持。感謝河東博物館的郭永貴同志，從文字資料收集和圖片拍攝、整理一直到付梓，都始終積極參與，做了大量的業務和技術性工作。感謝文物出版社的崔陟、李穆先生，爲本書出版給予了多方面的熱心幫助和指導；還有攝影師劉小放先生，不避酷暑和舟車勞頓，兩下河東進行拍攝……。如果説本書尚能得到讀者的喜愛和同行的認可，也正是以上諸位幫助與支持的結果，我們的心也會踏實許多。

編著者

丙戌金秋於河東

封面設計：周小瑋
責任印製：張道奇
攝　　影：劉小放　郭永貴
責任編輯：崔　陟　李　穆

圖書在版編目(CIP)數據

山西解州關帝祖廟楹聯牌匾／衛龍，楊明珠編．—北京：文物出版社，2006.9
ISBN 7-5010-1985-1

Ⅰ．山…　Ⅱ．①衛…②楊…　Ⅲ．①對聯—中國—古代—匯編②匾—中國—古代—匯編　Ⅳ.I269.6

中國版本圖書館 CIP 數據核字（2006）第 101447 號

山西解州關帝祖廟楹聯牌匾
衛　龍　楊明珠　編著
*
文 物 出 版 社 出 版 發 行
北京東直門内北小街 2 號樓
http：//www.wenwu.com
E-mail：web@wenwu.com
北京燕泰美術製版印刷有限責任公司印刷
新　華　書　店　經　銷
787 × 1092 毫米　1/16　印張：9.5
2006 年 9 月第一版　2006 年 9 月第一次印刷
ISBN 7-5010-1985-1/I · 8　定價：220 圓